怖い患者

HORRIBLE PATIENTS

久坂部羊

集英社

目次

怖い患者

HORRIBLE PATIENTS

天罰あげる

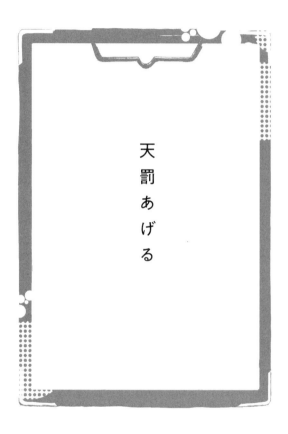

1

まだ元気で区役所に出勤していたころ、女子トイレの中でこんな声を聞きました。

「地域振興課の宮城《みやぎ》さんて、なんか頭、悪そうじゃない」

「ああ、あの、いかにも仕事ができなさそうな子」

わたしのことです。わたしは個室の中で動けなくなり、このまま全身が乾いてミイラになってしまうんじゃないかと思いました。

その少し前、昼休みに自分の席で新書を読んでいたら、先輩の女性職員からこんなことを言われました。

「あんた、そんなむずかしい本読んで、意味わかるの」

笑ってごまかしましたが、あとはいくら集中しても、一行も頭に入ってきませんでした。今から二年ほど前のことです。

わたしは小柄で痩《や》せていて、顔も身体《からだ》も地味で魅力がありません。頭が悪そうに見えるのは、低い鼻にのせている眼鏡がいつもずり落ちているからかもしれません。目も細いし、頬もこけていて唇の色も悪い。大学三年生のとき、大学祭の模擬店の人相占いで、「将来、不幸になりそうな顔」と言われたこともあります。

そんなわたしですから、生まれてこのかた二十六年間、男の人とつき合ったことはありません。親はわたしに「愛子《あいこ》」なんてかわいい名前をつけてくれたけれど、それはわたしが生まれつき愛情や恋愛に縁の薄い人間であることを、予感したからではないでしょうか。せめて名前だけでも愛に恵まれるようにと。

東京の四年制大学を出て、首尾よく区役所に採用されましたが、自分がそれほど優秀でないことはよくわかっています。でも、仕事は一生懸命やっているし、ミスも決して多くはないはず。新書を「むずかしい本」と言う先輩よりは、ずっと役に立っているつもりです。なのに評価してもらえない。課長も係長も、見た目が派手で、口のうまい職員ばかりをかわいがる。

わたしがはじめて「発作」を起こしたのは、トイレで女子職員の陰口を聞いてから間もなくでした。通勤の電車の中で、急に何とも言えないイヤーな気分に襲われたのです。冷や汗が噴き出し、手が痺《しび》れて、意識を失いそうになりました。次の駅で降り、ベンチに座って自分の身体を抱えていたら、駅員さんが救急車を呼んでくれました。運ばれた病院で鎮静剤の注射を打たれ、血液検査や頭のMRIの検査もしてもらったけれど、特に異常はありませんでした。真夏だったので、熱中症か、過労だろうと言われました。点滴を受けると気分も落ち着き、その日の夕方には病院を出ましたが、わたしは「発作」の苦しみが忘れられませんでした。

次の「発作」は、コンビニでレジを待っているときに起こりました。中年の女性が公共料金の振り込みで手間取り、となりの列に並んだほうがよかったと思った瞬間、たまらない気持になったのです。この世の終わりに直面したような、とてつもない恐怖。わたしは居ても立ってもいられなくなり、商品の入ったカゴをその場に落として店から走り出ました。交番で救急車を呼んでもらおうかと思いましたが、それはよくないので、自分でタクシーを停めました。病院へ行くと、やはり鎮静剤を打たれ、いろいろ検査を受けたけれど、またも結果は異常なし。精神的な発作だろうと言われました。

それからも何度か似たような症状があり、都立医療センターの心療内科で下された診断は、「パニック障害」。でも、納得することはできませんでした。

パニック障害というのは、突然起こるパニック発作と、それがいつ再発するかわからないという不安から、生活範囲が限定される病気です。パニック発作とは、強い不安や恐怖のために、動《どう》悸《き》、息切れ、めまいなどが起こることです。でも、わたしの「発作」はそんな生やさしいものではないんです。口では説明できないイヤーな感じ。この世が真っ暗になって、絶望しかない世界に放り込まれたような、不安とも恐怖ともつかない胸騒ぎ。いえ、それでもぜんぜん言い足りません。もっと不快で、哀しくて、恐ろしくて、いたたまれない感覚なのです。

一生懸命、医師に説明するのですが、どうしてもわかってもらえない。「それはパニック発作です」の一点張り。でも、わたしがいろいろ調べてみても、パニック発作の説明に、そんな言いようのない不快感のことは書いていません。心の底から湧き上がるような得体の知れないあのイヤーな感じは、決してただの発作なんかじゃない。

都立医療センターの医師ではらちが明かないので、わたしはネットで評判のよい新宿《しんじゅく》のとあるクリニックに行きました。そこではまず、臨床心理士がわたしの話をじっくりと聞いてくれました。一時間半ほどもしゃべったでしょうか。期待して診察室に入ると、タレントめいた軽薄な眼鏡をかけた若い医師が、自信満々の顔で言いました。

「典型的なパニック障害だね。大丈夫、ぼくに任せなさい」

わたしはがっかりしました。それでも、一応、処方された薬をのみました。医師の指示通りにのんだのに、一週間のうちに二回も「発作」に襲われました。

それからです、わたしのドクターショッピングがはじまったのは。わたしは症状を正しく診断してくれる医師を求めて、さまざまな病院やクリニックに通いました。でも、よい医師にはなかなか巡り会えませんでした。こんなに苦しいのに、どうしてわかってくれないのか。ありきたりな検査ばかりで、いっこうに症状の本質を見てくれない。明らかにパニック発作ではないのに、そうだと決めつけられたり、症状があるのにどこにも異常はないと言われることほど、つらいことはありません。

「発作」以外にも、感情がコントロールできなくなり、何も考えられなくて、一日中ぼーっとしていたり、不眠、虚言、拒食などの症状が出て、ついにリストカットまでしてしまいました。そのたびに診断は、「境界性人格障害」「うつ病」「適応障害」「社会不安障害」「高機能自閉症」と変わりました。ほんとうの病名は何なのか。

そんな状態だから、今は区役所は長期休職中です。はじめは有給休暇をとっていたけれど、もういいだろうと思って復帰したら、とたんに症状が悪化して、ベッドから起き上がれなくなりました。這《は》うようにして病院に行くと、医師に本格的な療養が必要だと言われました。そして半年の休職です。

しかし、それもうまく行かず、職場復帰が近づけば調子が悪くなることの繰り返しで、ずるずる二年も休んでしまっているのです。

島根にいる両親には病気のことは話していません。心配をかけたくないからです。幸い、診療所やクリニックを変えても、医師はすぐに休職のための診断書を書いてくれます。「うつ病(等々)のため、○月○日から×月×日まで休養を要す」と、たった一行で五千円。高いと思うけれど、仕方がありません。

区役所の職員のなかには、わたしが怠けているとか、甘えているだけだと思っている人もいるらしいです。もしほんとうにそうだったら、どれだけいいか！　あの思い出すのもイヤーな感じさえ襲って来なかったら、いくらでも頑張れるのに。でも、この病気は外から見えないから、理解してもらいにくいんです。それがつらい。

わたしが心から願うのは、一日も早く元気になって、職場に復帰することです。そのためには、いい医師に巡り会わなければなりません。最近、心療内科はあちこちに増えていて、ネットでもいろいろな情報が得られます。けれど、実際に行ってみると、医師が冷たかったり、無能だったり、金儲《かねもう》け主義がミエミエだったりと、失望してばっかり。

あるクリニックでは、「あなたはよけいな知識を仕入れすぎ」と言われました。「だから自分で病気を作っているのですよ」と。別のクリニックでは、「あとがつかえているから」と途中で話を打ち切られました。「気に入らないのなら、ほかの病院もあるでしょう」と突き放されたこともあります。医師から「ボクを困らせないで」とも言われました。困っているのはわたしなのに。

ひどい医師に当たったときは、診察を受ける前以上に落ち込み、つらい気持でいっぱいになります。わたしの病気を理解してくれる医師はいないのでしょうか。わたしはこれからもずっと、自分ひとりで耐えていかなければならないのでしょうか。そう思うと、絶望的な気分になって、生きているのさえいやになります。心が悲しみでいっぱいになって、わたしなんか生まれてこなければよかったのにと思います。

2

そんなとき、偶然、「クローバーこころの内科クリニック」の小川義久《おがわよしひさ》先生に出会ったのです。きっかけは、上野毛《かみのげ》の五島《ごとう》美術館で開かれていた源氏物語絵巻展でした。源氏物語が好きなわたしは、土曜日の午後、ひとりで見に行ったのです。

そのとき、駅から美術館に向かう途中に、新しくオープンしたクリニックを見つけました。クリーム色の壁に吹き抜けのおしゃれなクリニックで、とてもいい感じに見えました。「こころの内科」というネーミングも優しい響きです。

わたしは美術館の行きと帰りにじっくりと観察し、帰ってからネットで調べてみました。ホームページは上品なデザインで、メンタルヘルスケアが専門だと書いてありました。院長の小川先生は四十二歳で、メタルフレームの眼鏡がいかにも知的な細面の人です。

口コミ情報や患者のブログでも評判は上々でした。開院してまだ七カ月ほどで、患者があまり多くなさそうなのも好都合です。わたしはさっそくホームページから初診予約のメールを入れました。

はじめての診察の日、わたしはできるだけ期待しないでクリニックに行きました。期待が大きければ、それだけ失望も大きいと、これまでの経験でいやというほど思い知らされていたからです。

結果は、思ったよりはるかに好ましいものでした。受付の女の人の対応もよかったし、看護師さんも親切でした。院長の小川先生は、西新宿医科大学のご出身で、物腰も口調もスマートな方でした。わたしの話に熱心に耳を傾けてくれ、例のイヤーな感じにも、「何となくわかります」と言ってくれました。そして診察のあと、恐る恐る診断を聞いたら、首を捻《ひね》りながらこう言ったのです。

「ちょっと複雑な症状なので、一概に病名はつけられませんね」

小川先生は、わたしをパニック障害だとは決めつけなかった！　今あるいろいろな病名に、わたしを無理やり押し込めようとはしなかったのです。わたしは大きな喜びを感じ、強い信頼感を抱きました。

医師と患者の相性は、初対面の印象で決まると思います。よい先生に巡り会えれば、それだけでもう病気は半分治ったも同然です。その証拠に、診察の後半にはわたしはすっかり気分がよくなり、お薬もいらないのではと思ったほどですから。

それでも先生は、抗不安薬と抗うつ剤を処方してくれました。似たような薬はほかでももらっていましたが、のんだ感じはまるでちがいました。きっとプラセボ効果もあるのでしょう。効くと思ってのんだ薬はよく効くという心理効果です。たとえそうであっても、患者にすれば、効けばそれでいいのです。

それからわたしは、毎週金曜日に小川先生のクリニックに通うことにしました。

小川先生の治療は、「バイオフィードバック療法」という最新式のものでした。認知行動療法の一種で、病気の本質を自ら理解し、行動によってそれを改めるやり方です。

まず、スクリーンにいろいろな状況を映し出して、そのときの心理状態を自分で把握します。手のひら、手首、胸、額にセンサーを貼りつけ、脈拍、発汗、筋肉の緊張などをモニターします。スクリーンに映し出されるのは、高級レストランでの食事風景、ショッピングモールの人混み、だれもいない広場、会社で上司が怒鳴る場面等々。

わたしは本革張りの一人掛けのソファに座り、リラックスした気分でスクリーンを見ます。治療がはじまると、小川先生はソファの横に膝立ちになって、モニターに表れる心の状況を説明してくれます。わたしより低い目線で、心理状態の把握を支援してくれるのです。それがどれほど安心感を与えてくれるか。

小川先生の治療を受けるようになってから、わたしはめきめき回復し、すぐにも仕事に復帰できるのではとさえ思いました。しかし、油断は禁物です。前に職場にもどって失敗したときも、自分で勝手に判断したのが原因だったからです。

3

小川先生の診療はすばらしいのですが、ひとつだけ迷っていることがありました。それは患者仲間の砂田汐美《すなたしおみ》のことです。

汐美とは荻窪《おぎくぼ》の神経科クリニックで知り合いました。わたしより三歳下のフリーター。病気はわたしと同じく複雑で、心身症だとか、妄想性人格障害、重症ストレス障害、解離性障害など、いろいろな診断をもらっていました。右の前髪がまばらだったので、どうしたのと聞くと、知らないうちに自分で抜く抜毛症《ばつもうしょう》とのことでした。子どものころは、抜いた毛を食べる食毛症もあったそうです。

そのときは世間話をしただけでしたが、後日、表参道《おもてさんどう》の心療内科でも偶然いっしょになり、お互い驚きました。汐美もわたしと同じく、あちこちのクリニックや診療所でひどい扱いを受け、必死にドクターショッピングをしていたのです。

話を聞くと、わたしが最低だと思った医師に彼女もいやな目に遭わされていたり、受付が横柄な診療所で同じようにえらそうに言われたりしていて、大いに意気投合しました。

汐美はもともとはまじめな性格ですが、高校のときに調子が悪くなって、悪い友だちに引きずられ、高校を中退して以来、ずっと心療内科とは縁が切れないそうです。調子のいいときはバイトをしたり、派遣社員になったこともあるようですが、ここ二年ほどは生活保護を受けているそうです。彼女自身は早く立ち直り、就職もしたいと思っているのに、まわりはそれをわかってくれない。

「この病気さえなければ、どんなつらい仕事だってやるのに……」

そう言って涙をこらえる汐美を見ると、わたしも思わず泣けてきました。二人で話し合ってたどり着いた結論は、わたしたち心を病む者は、よい医師に巡り会えるかどうかが死活問題だということです。社会に復帰しようにも、調子の悪いときに医師の支えがなければ、すぐ最悪の状態に逆もどりしてしまうのですから。

だから、汐美とわたしは約束しました。どちらかがよい医師を見つけたら、必ず相手にも紹介すると。

わたしは今、小川先生を汐美に紹介しようかどうか迷っています。小川先生の診療を受けるようになって、一月半《ひとつきはん》。それくらいの期間でよい医師と決めつけていいのかということが一つ。それから、わたしにとってよい医師でも、汐美にはどうかはわからないということが一つ。この二点で決断できないのです。

いいえ、でも、ほんとうの気持は、別のところにあるのかもしれません。それはある種の不安です。小川先生を汐美に取られてしまうのではないかという恐れ。汐美は美人だし、化粧も派手で、着る服だってかっこいい。胸も大きく、男性経験も豊富そうで、女として貧相なわたしとは大ちがいです。

小川先生は今、わたしの治療にほんとうに一生懸命になってくれています。わたし一人でもたいへんなのに、その上、汐美までお世話になったら、きっと負担が大きくなりすぎてしまいます。だからもう少し待って、せめてわたしの診療が月に一度くらいになってから、汐美に紹介しようと思っています。

4

週に一度のバイオフィードバック療法と、小川先生に処方してもらった薬のおかげで、わたしは信じられないくらい心が落ち着き、しばらく「発作」から遠ざかっていました。

ところが、ある日の診察で、小川先生が突然、「そろそろ診察を二週間に一度にしてみようか」と言ったのです。わたしは驚きました。いくら調子がいいとはいえ、まだほんの二カ月ほどしかたっていないのです。先生は忙しいのでしょうか。それとも、わたしの治療が面倒なのか。わたしは強い不安を感じました。でも、先生の言いつけは絶対です。わたしは泣きそうな気持をこらえて、「わかりました」と答えました。

最初の一週間は何事もなくすぎました。あと一週間がんばれば先生に会えると思ったとたん、急にイヤーな気分になりました。あと一週間も我慢しなければならない、どうして、わたしが何か悪いことをした？　そう思った直後に「発作」が起こり、わたしは救急車でクローバーこころの内科クリニックに運ばれました。小川先生以外の治療は受けないと救急隊員に言ったからです。

小川先生はほかの患者さんを診察していましたが、中断してわたしを診てくれました。先生の顔を見ただけで気分が落ち着き、話ができるくらいには回復しました。鎮静剤の注射を打ったあと、小川先生がこう言いました。

「二週間に一度の診察はまだ早かったようだね。ぼくの判断ミスです。申し訳ない」

先生が患者であるわたしに頭を下げてくれたのです。わたしは身体がバターのようにとろけ、その上から蜂蜜をかけられたような気分になりました。それは快感とか、悦楽などよりはるかに大きい、神々しいほどの喜びでした。

先生はわたしの目をじっとのぞき込み、優しくささやきました。

「もし心配だったら、週に二回の診察でもいいよ」

ほかの患者さんはそっちのけで、先生はわたしのために週に二回も診察時間を取ると言ってくれたのです。「発作」で先生に迷惑をかけたのは申し訳なかったけれど、わたしは特別な患者なんだ。そんな思いが胸に芽生えました。

それから、わたしは毎週火曜日と金曜日に、クローバーこころの内科クリニックに通うようになりました。バイオフィードバック療法は終了し、先生との対話による認知療法がはじまりました。ところが、そのころから、先生の診察がおかしくなったのです。

はじめは特に気づきませんでした。が、妙にプライベートなことを聞かれるようになったのです。たとえば、夜は何時ごろに寝るかとか、家ではどんな服を着ているのかとか、今まで好きになった人はいるかとか。

しばらくして、子どものころのいちばんいやな記憶は何かと聞かれました。わたしは「幼稚園で仲間はずれにされたことです」と答えました。

「どんなふうに仲間はずれにされたの」

「わたしが友だちのところに行くと、みんなが声を出して逃げたんです。追いかけると、よけいに囃《はや》し立てるような声をあげて」

そのときのつらさを思い出し、涙声になりました。それでも先生は質問をやめません。

「仲間はずれにされた理由は？」

「わかりません」

「何も悪いことをしていないのに、嫌われたということ？」

「そうかもしれません」

「ふつうはそんなことはないよね。何か原因があったのかな」

「さあ……」

「考えてみて」

二十年以上も前のことを、一生懸命思い浮かべました。みんなが逃げたあと、足が遅かったわたしはだれにも追いつけず、四方に逃げる友だちのだれを追いかけていいのかもわからず、たまらなく悲しい気分になって、その場に座り込んだこと……。

すると、ふいに記憶がよみがえりました。わたしを仲間はずれにした首謀者。目の吊《つ》り上がったおかっぱの女の子。彼女がなぜわたしを嫌ったのか。それはわたしがかわいい顔でなかったから。みんなの中でただ一人、あのおかっぱの不細工な子より醜《みにく》かったから。それでターゲットにされたんだ。

わたしはそのことを、小川先生に話しました。つらかったけれど、できるだけていねいに説明しました。先生は熱心に聞きながら、電子カルテのキーボードをせわしなく叩《たた》いていました。

別の日には、幼いころに性的ないやがらせを受けたことはないかと聞かれました。わたしは「ありません」と答えました。実際、思い当たることはなかったのです。なのに先生は、「そんなはずはない。忘れているだけじゃないか」と、しつこく訊ねてきました。

「女の子はだれでも、多かれ少なかれ性的な対象として見られたり、扱われたりするものだよ。でも、不快な記憶なので、たいてい忘れてしまう。よく思い出してごらん」

わたしは暗闇を手探りするように、少女時代の記憶をたどりました。何もないはずの結び目がほどけ、とても恥ずかしい気分がよみがえってきました。登り棒という遊具で、股《また》に棒をはさんで登っていたとき、股間に得も言われぬ快感を感じたのを思い出したのです。小学校二年生のころでした。わたしは棒にしがみついたまま、高いところで一人で恍惚《こうこつ》としていました。すると男の子たちがやってきて、下から卑猥《ひわい》な言葉を投げつけたのです。何と言ったのか思い出せません。でも、とてもいやらしい言葉だったのは確かです。意味はわからないけれど、恥ずかしい言葉。わたしは男の子たちに見上げられ、身動きができなくなりました。そのうち力尽きて下に落ちると、今度は頭の上から罵声を浴びせられました。わたしは泣きじゃくりながら、この世から消えてしまいたいと思いました。

「それはあなたがはじめて感じた性器的な快感だね」

「えっ」

わたしは思わず先生の顔を見ました。「性器的な」という言葉が、とてもいやらしく感じたからです。

「ほかにはないの」

いったい先生はわたしから何を聞き出したいのでしょう。先生の目は異様に輝いていて、診察とは別の、何か個人的な興味でわたしを見ているように感じました。そんなことは今まで一度もなかったのに。先生はどうなってしまったのでしょう。

診察に行くたび、小川先生は笑顔でわたしを迎えてくれます。でも、わたしはその笑顔が逆に怖かった。微笑《ほほえ》みの裏の意味を考えてしまうからです。先生が優しくしてくれるのは、何か下心があるからじゃないか。医師として紳士らしく振る舞ってはいるけれど、心の中では異常な嗜好《しこう》がうごめいているのではないか。

週二回の診察が、わたしには次第に苦痛になってきました。ですが先生は回数を減らそうとは言いません。わたしが「最近は調子がいいんです」と言っても、聞き流すだけ。

そのうち、ある疑念が浮かびました。前に診察を二週間に一度にしようと言ったのは、わたしの不安を煽《あお》り、わざと「発作」を起こさせて、診察回数を増やすためではなかったのか。あのあと特別扱いをしてくれたのも、わたしに邪《よこしま》な興味を抱いていたからじゃないか。

わたしは複雑な気持になりました。小川先生はすてきな人です。だから、はじめは特別な想いを寄せられていると感じて、喜んでいました。けれど、もしその想いが、異常な愛だったら……。小川先生は地元の医師会にも入っていないと言っていました。それは人格的に問題があるからではないでしょうか。

小川先生が万一ストーカーだったらと考えると、わたしは居ても立ってもいられないほど恐怖を感じました。住所や勤務先はもちろん、ケータイの番号から生年月日、緊急連絡先としての実家の住所まで、すべての個人情報を知られているのですから。

わたしは完全に逃げ場を失ったも同然です。

5

最近、やたらと心療内科や神経科のクリニックが増えています。調べてみると、東京都内だけで約七百軒。わたしの家の近所にも、去年、三つのクリニックがオープンしました。そんなに心を病んだ患者が大勢いるのでしょうか。

中には怪しげなクリニックもあるそうです。汐美から聞いたとんでもない医師の話。その医師は、もともと放射線科医だったのに、自分が神経症になって、心療内科に通ううちに、これくらいなら自分でもできると、テナントビルの一室で心療内科を開業したのだといいます。それで勝手に睡眠剤を出し、我流のカウンセリングをしたため、患者の一人が自殺したそうです。なぜそんなひどいことが起こるのか。それは日本の法律では、医師であれば、原則的に何科で開業しようと自由だからです。まさか、小川先生も専門家でないのに、勝手に心療内科医のふりをしているだけということなのでしょうか。

いいえ、それはないでしょう。クリニックのホームページに精神保健指定医の資格を持っていると書いてありました。しかし、精神科医のなかには、自身も精神病がかかった人が少なくないと聞きます。一方、ちょっと変わっているけれど、実は名医という人も多いそうです。小川先生はどちらなのか。

週に二度クリニックに通うようになってから、わたしの「発作」は治まっているし、気分も悪くありません。その意味では、これまでのどの医師よりもうまく治療してくれています。だから、やっぱり名医なのかもしれない。

だけど、個人的な質問も相変わらずで、わたしの私生活や、いやな思い出を根掘り葉掘り聞いてきます。それを電子カルテに書き込むのですが、ときにわたしが話した以上に長く書いています。批評とか分析をしているのでしょうか。でも、やっぱり無気味です。

わたしは小川先生の正体を知りたくて、いろいろ調べてみました。まず、待合室でよくいっしょになる何人かの患者さんに聞いてみました。

「小川先生って、名医らしいですね」

そう訊ねて反応を見るのです。「そう？」と首を傾《かし》げる人、「らしいね」とうなずく人、「そうよ。東京では五本の指に入るほどの先生で……」と熱心に語る人など、さまざまでしたが、変な医師だと言う人はいませんでした。それは当たり前かもしれません。変だと思う患者は来ないでしょうから。

また、わたしは診療が終わったあと、こっそり小川先生のあとをつけて、妙な行動をしないかどうかチェックしました。小川先生は電車通勤していて、上野毛の駅から川崎《かわさき》市の高津《たかつ》駅まで乗り、そこから歩いて五分ほどのマンションに住んでいました。

何度か朝早くからマンションの陰でようすを見て、先生が出勤途中におかしなことをしないかどうかも調べました。でも、特段、変わった行動はありません。

家族は奥さまと、五歳のお嬢さんが一人。奥さまは専業主婦で、月曜日はテニス、火曜と金曜はフィットネス、木曜はヨガと、週に四日も二子玉川《ふたこたまがわ》に通う優雅な生活をなさっています。さすがは医師の奥さまだけあって、わたしなんか足元にも及ばない美人です。お嬢さんもかわいらしく、毎朝、高級そうな制服を着て、スクールバスで聖ジャンヌ幼稚園に通っています。津田山《つだやま》にある有名なお受験幼稚園です。

クリニックの近所の人にも話を聞きましたが、別におかしな噂《うわさ》はありませんでした。まだ開業して間もないからかもしれませんが、愛想のよい先生だとか、気さくに挨拶《あいさつ》してくれるとか、聞けたのはよい評判ばかりでした。

世田谷《せたがや》区の医師会にも、問い合わせてみました。医師会に入っていないのは、もしかして除名とか入会拒否ではないかと思ったからです。小川先生はそんな処分は受けていませんでした。

「医師会に入らない先生は、やっぱり変わった人が多いのですか」

そう訊ねると、そんなことはないとの返事でした。

それならなぜ、わたしの診察のときだけ、あんな妙な質問をするのでしょう。

もちろん、ネットの検索もいろいろやってみました。はじめは雲をつかむような作業でしたが、今はネットの世界であらゆる情報が手に入ります。わたしは思いがけないところで、ついに小川先生の正体を知ることができたのです。

ある神経症の患者のブログに、「心の空ジャーナル」という雑誌の講演会のことが書いてありました。去年の十一月に、千代田《ちよだ》区の千代田倶楽部《クラブ》で行われたものです。そこにアップされていた写真に、小川先生が講演者として写っていたのです。でも、名前は「小笠原亮《おがさわらりよう》」として。

驚きました。小川先生は小笠原亮というペンネームの医師兼作家だったのです。わたしはさっそく小笠原亮をネットで調べてみました。ウィキペディアにも出ていましたが、覆面作家のようでした。経歴は現役の医師であること以外いっさい非公開で、メディアにも顔写真は出さず、サイン会などもしないとありました。徹底した覆面の理由は、医師の仕事と作家のそれを峻別《しゆんべつ》しているからとのことでした。わたしがブログで見た写真も、ケータイで隠し撮りしたもののようで、やや不鮮明でしたが、小川先生であることはすぐにわかりました。わたしは偶然、小川先生の正体を知ってしまったのです。もしそのことを伝えたら、先生はどう反応するでしょう。驚くか、怒るか、慌てて口止めをするか。もしかしたら、わたしの診療を打ち切るかも。それなら黙っておいたほうがいいでしょう。

小川先生が作家だと知って、合点のいくことはたくさんありました。たとえば、作家ならではの鋭い洞察力で、患者の心を分析するところとか、つらい気持や哀しみにも深く共感してくれることとか。

先生はどんな小説を書いているのだろうと、わたしは想像を巡らせました。ネットによれば、医療系のエンタテインメント作品とありました。きっと心温まるすてきな作品にちがいありません。わたしは今度、本屋で見つけたら、買って読もうと心に決めました。

6

そんなある日、わたしは新聞で小笠原亮の名前を見つけました。「新小説べム」という雑誌の広告に名前が載っていたのです。掲載されている小説のタイトルは『天罰あげる』。わたしはさっそく本屋に行って、「新小説べム」を買ってきました。

それは二十ページほどの短い作品でした。わたしはドキドキしながら読みはじめました。小笠原亮が実は小川先生だと、わたしは知っているけれど、先生はそのことを知らない。わたしだけの秘密。そう思うと、なんだか自分が特別な読者になったような気がしました。

出だしはむずかしい心理テストの場面でした。数行読んで、主人公の名前を見たとき、わたしは思わず心臓が止まるかと思いました。主人公は「亜紀子《あきこ》」というのです。愛子というわたしの名前と、読みは一文字しかちがいません。これはいったいどういうことでしょう。まさか、先生はわたしをモデルにしたのかしら。いいえ、そんなはずはありません。わたしみたいにつまらない人間が、小説のモデルになんかなるわけがない。

そう思いながら読み進みましたが、徐々にわたしは落ち着きを失っていきました。その主人公は心療内科にかかっていて、わたしと同じくドクターショッピングをしているのです。ネットで調べては、いろいろなクリニックに行き、意に染まないことがあると医師をこきおろす。それもわたしそっくりな口調で。やっぱりわたしがモデルなのかしら。読みながら、わたしは手にじっとり汗が滲《にじ》むのを感じました。

驚いたことに、主人公が心を病んでいる理由は、幼いころに父親から受けた性的ないたずらによるトラウマだというのです。もちろん、わたしにはそんな経験はありません。でも、小川先生がしつこくわたしの過去を聞いたのは、主人公をそういう設定にしていたからではないでしょうか。ほかにもわたしとちがう設定はあります。たとえば、主人公がフリーターであるとか、高校のころに暴走族に入っていたとか。でも、主人公の年恰好《としかっこう》とか性格とかはわたしにそっくりで、やっぱりモデルはわたし以外に考えられない。

それは決して嬉《うれ》しいことではありませんでした。主人公は明らかに人格異常者で、気に入った医師にストーカー行為を繰り返すような人間だったからです。無言電話、尾行、待ち伏せ、一日三百通ものメール。わたしはそこまではしていない。

小説を読み続けることに、強い拒絶の気持が起こりましたが、わたしはページを閉じることができませんでした。そしてラスト。恐れた通り、それは悲惨で許し難いものでした。主人公はその医師を拉致して、地下室に閉じ込め、廃人同然にして殺すのです。自分の気に入る治療をしなかった医師への「天罰」だと称して。

わたしは気分が悪くなり、どうしていいかわからなくなりました。「発作」が来ないかと待ちましたが、それを起こす余裕もないほど不快になりました。頭がおかしくなりそうなくらいの怒りとはこのことです。

いったい、小川先生はどんなつもりでこの小説を書いたのでしょう。まさかわたしが読むとは思っていなかったのでしょうが、それにしてもひどすぎます。診察の名目であれこれプライベートなことを聞き出し、それを小説に使うなんて。しかも、医師にストーカーをしたあと、身勝手な理由で残忍な殺し方をし、それを天罰だと自己正当化するだなんて。小川先生はわたしをそんな人間だと思っているのでしょうか。診察のときは紳士的な態度を取りながら、その裏でわたしをモンスター扱いしている。

今は現役医師の作家が流行のようで、新聞やテレビで何人も目にします。彼らはきっと自分の患者をモデルにしているのでしょう。患者の人格を無視して、都合よく作りかえ、ひどい役をさせたり、かわいそうな目に遭わせているにちがいない。彼らは患者の気持を何だと思っているのか。

それでなくても、小川先生は心療内科医です。患者のプライバシーを守るのは、医師の義務のはずです。秘密を守ってもらえると思うからこそ、心の内側をさらけだすのです。たとえ個人が特定されないとはいえ、わたしは自分のつらい気持や体験を、公表されることは耐えられない。いくら作家でも、そんなふうに患者を弄《もてあそ》んでよいはずがありません。小川先生はわたしの信頼を裏切ったのです。

わたしは復讐《ふくしゅう》しようと思いました。あんな小説を書くのなら、その筋書き通り、先生を拉致して殺してやろうか。拉致が無理なら、タリウムを混ぜたコーヒーを飲ませようか。亜ヒ酸の入ったサンドイッチを食べさせようか。それとも、駅のホームから突き落とすとか、クリニックに放火してやるとか、きれいな奥さまの顔に硫酸をぶっかけるとか、かわいいお嬢さんを誘拐するとか。


でも、そんなことをすれば、わたしが警察に捕まってしまいます。いくら恨みを晴らすためとはいえ、自分が犯罪者になるのは割に合わない。それなら、どんな方法があるでしょう。

まず思いついたのは、致命的な誹謗中傷《ひぼうちゅうしょう》です。あそこのクリニックにかかると、小説のモデルにされてしまう、あの小川という医師は、患者を利用する卑劣な作家だと暴露する。けれど、そんな噂が広まると、わたしがモデルになったこともわかってしまいます。何とかわたしに関わりのないところで中傷できないか。

懸命に考えているうち、わたしは汐美のことを思い出しました。彼女に協力してもらえばいいのです。方法は簡単。ずばり、痴漢冤罪《ちかんえんざい》です。彼女に小川先生を紹介しなかったのは、先見の明ありでした。

翌日、わたしは汐美を新宿のルミネに呼び出し、小川先生のひどい仕打ちを話しました。わたしの病気をおもしろ半分にほかの患者にしゃべったと言ったのです。小説のことは言いませんでした。話がややこしくなるし、わたしが小説のモデルになったことを、汐美が嫉妬《しっと》しないともかぎらないから。

信頼していた医師に裏切られた、プライバシーをズタズタにされた、心を土足で踏みにじられたと、汐美に言い募ると自然に熱い涙があふれてきました。

「ひどーい。そいつ最低。ぜったい許せない」

汐美も真剣に怒ってくれました。うまくタイミングを見計らって、痴漢冤罪をでっちあげるアイデアを話すと、すぐ乗ってきました。もともと汐美は悪事が大好きです。性格は残忍だし、人を陥れたり、困らせたりするのも得意そうです。

7

わたしたちはさっそく計画を練りました。小川先生が毎朝乗る電車は、前に尾行したのでわかっています。何両目のどの扉から乗るかも。あの人は几帳面なので、いつもの生活パターンを変えないのです。

月曜日、午前七時半。わたしは汐美と高津駅で待ち合わせました。月曜日にしたのは、電車の痴漢が多いのは週明けだと聞いたからです。わたしはサングラスをかけ帽子をかぶって、汐美とともに小川先生の乗車位置から少し離れたベンチに座っていました。十五分後、小川先生はいつもと同じ時間にホームに現れました。

「あいつよ」

わたしが言うと、汐美はすっと目を細め、標的をロックオンしました。静かに立ち上がり、何気ない足取りで小川先生に近づきます。電車が来ました。この時間はいつもぎゅうぎゅう詰めで、駅員が乗客を押し込まなければなりません。汐美は首尾よく小川先生といっしょに巻き込まれるようにして車内に乗り込みました。

汐美から「任務完了！」の連絡があったのは、それから三時間後です。わたしは玉川髙島屋《たかしまや》で汐美と待ち合わせ、南館九階のおしゃれなレストランでランチをしながら、報告を聞きました。

汐美は小川先生の前に立ち、次の駅を出たあたりから落ち着かないようすで左右を見たり、身体をよじったりしたそうです。そして、電車が二子玉川駅のホームに着くや否や、小川先生の右手をつかんで、「この人、痴漢です！」と悲鳴をあげました。当然、小川先生はうろたえ、必死で手を離そうとします。汐美は両手で小川先生の手をしっかり握り、もみ合ったそうです。汐美に加勢してくれ、駅員も呼んでくれました。汐美は大きな目から涙をあふれさせ、大声でしゃくりあげたとのことです。さぞかし迫真の演技だったことでしょう。

二人は駅事務室に連れて行かれ、すぐに警察にも通報されました。小川先生は自分は医師で、上野毛で開業していて、毎日この電車を使っているのに、痴漢などするわけがないと、興奮したようすで釈明したそうです。警察が来ると、汐美は別室へ案内され、女性警察官に話を聞かれました。高津駅から乗車したこと、後ろの男がスカートの中に手を入れてきて、あちこち触ったこと、最後は下着までずらそうとしたことを証言しました。そして、男の手がスカートの中にあるのをつかんだので、まちがいないとも。作り話は汐美の得意技です。

女性警察官は汐美を完全に信じたようすで、被害届を出す必要があるからと、彼女を玉川署まで連れて行ってくれました。そこでもう一度詳しい話をして、しばらく待っていると、私服の刑事が来て、スカートと下着の繊維のサンプルを取らせてほしいと言われたそうです。小川先生の手を粘着テープに押しつけて、繊維が残っていないか調べるのです。汐美は女性警察官にスカートと下着からサンプルを取ってもらいました。小川先生の手からも、たぶん同じものが出るでしょう。だって、汐美はあらかじめ自分の指にリップクリームを塗りたくり、小川先生ともみ合う前に、さんざん自分のスカートと下着を触っておいたのですから。

「あの変態医者も、これで一巻の終わりね」

汐美はランチのあと、ピスタチオのアイスクリームをスプーンですくいながら、鼻根に小さな皺《しわ》を寄せました。

「ありがと、汐美。でも、あともう一仕事。週刊誌にタレコミね」

「オッケー。任せて」

汐美が肩をすくめ、あらかじめメモっていた出版社に電話をしました。容疑者が医師だと言うと、いくつかのイエロージャーナリズムが食いついてきました。

『セレブ心療内科医　痴漢で御用』

『評判の心療内科ドクター　電車痴漢の誤算』

翌週の「週刊ＴＯＰ」と「ヤマト芸能」に出た記事の見出しです。

警察の鑑定では、汐美の作戦が見事に的中して、小川先生の手からごくわずかですが、下着の繊維が検出されたとのことでした。動かぬ証拠を突きつけられると、小川先生はパニックになって、わざとじゃないけれど何かのはずみに女性のスカートの下に手が入ったかもしれない、自分は痴漢行為をしたつもりはないが、相手にそういう感じを与えたのかもしれないと認めたそうです。

警察はもちろんそれくらいでは納得しません。汐美は下着までずらされかけたと主張していたのですから。かわいそうに、小川先生は何日か玉川署の留置場に入れられ、小菅《こすげ》の拘置所に移されてから、ようやく釈放されたそうです。そのときにはもうすっかり罪を認めていて、自分でもなぜそんなことをしたのかわからない、被害者の女性には心からお詫びをしたいと言っていると、汐美は警察から伝えられたそうです。冤罪って、ほんとうにあるんですね。

小川先生は初犯（実際は無犯ですが）なので、警察は汐美に示談にしてはどうかと勧めてきました。汐美はそれを受け入れましたが、どうせなら慰謝料をがっつり取ってやろうと、知り合いの弁護士を通じて交渉をはじめています。彼女はこういうところはほんとうに抜け目がありません。

当然、ネットの世界でも激しい中傷が飛び交いました。2ちゃんねるには早くも事件数日後に、『上野毛のハレンチドクター』というスレッドが立ち、みんな好き勝手なことを書いていました。それによると、小川先生の奥さまは、事件のあと、お嬢さんを連れて千葉の実家に帰ったそうです。冤罪なのに夫を信じることもせず、さっさと別居してしまう奥さま、またそれを引き留めることもできない小川先生。お二人の絆《きずな》って、その程度のものだったのですね。それなら遅かれ早かれ、別れる運命にあったのかもしれません。現在、離婚を協議中とのことですが、奥さまの求める慰謝料が莫大《ばくだい》すぎて、話がまとまらないとか、奥さまにも不倫の噂があったとか、小川先生は本来は赤ちゃんプレイの愛好家だったとか、虚実ない交ぜの楽しい情報が日々、アップされています。

これで小川先生も終わりました。クリニックも閉院になりました。家庭も崩壊。財産もぱあです。ざまあみろ。すべては患者を弄び、小説にするなどという卑劣な行いの報いです。それこそ天罰、ふっふっふ。

8

――それから三カ月ほどたったある日。

わたしは新聞で思いがけない記事を見つけました。「時の人」を紹介する二面の囲み記事です。見出しにはこうありました。

『短編集「天罰あげる」で天籟《てんらい》文学賞を受賞した小笠原亮さん』

ちょっと待って。

わたしは目を疑いました。あの小説が文学賞を取っただなんて。

いえ、もっと信じられないことがありました。写真の小笠原亮が、小川先生じゃなかったのです。

記事を読むと、小笠原亮はこれまで現役医師として働きながら小説を書いてきたけれど、今回の受賞を機に医師の仕事をやめ、執筆に専念することにしたとありました。本名も書かれていましたが、小川義久ではありません。いったい、どういうことなのでしょう。

わたしはもう一度、記事の写真をよく見ました。細面でメタルフレームの眼鏡をかけているのは小川先生と同じです。でも、目の感じはぜんぜんちがう。どうやら、小笠原亮は小川先生に似た別人だったようです。

あのとき、わたしが小川先生を小笠原亮だと思ったブログを、もう一度見ようと思いましたが、いくらさがしても見つかりませんでした。閉鎖されてしまったのか、それとも、はじめから存在しなかったのか。

今となっては、別にどちらでもかまいません。問題は小笠原亮がどうやってわたしの情報を手に入れたかということです。おそらく、小川先生から直接聞いたのでしょう。同じ医師だから、知り合いでもぜんぜん不思議ではありません。

ネットを調べると、小笠原亮の画像が早くもいくつかアップされていました。小川先生よりずっといい男です。これから執筆に専念するといっても、医師としての知識や技量が消えるわけではないはず。それなら、これからわたしは彼を専属の医師にしましょう。小説のモデルになってあげたのだから、それくらいは当然の権利でしょう。まして賞までもらったのですから。

記事には、今度、新宿の紀伊國屋《きのくにや》書店でサイン会があると書いてあります。そこで自己紹介をしましょうか。いえ、いきなり行ったら面食らうでしょうから、はじめは一般の客に紛れていましょう。サイン会が終わって、それからそっとあとをつけます。食事に行こうが、飲みに行こうが、どこへ行こうが。

家さえわかればこっちのもの。ファンだと言って近づいて、適当なときに症状を相談すればいい。わたしは頭が悪いし、見た目も貧相だから、きっと同情してくれるでしょう。

そしたら、深刻な顔で、いつものでっち上げを言いましょう。女子トイレで同僚の陰口を聞いたとか、新書を読んでいたら「意味わかるの」と言われたとか、そうそう、大学時代に「将来、不幸になりそうな顔」と言われたとか、ね。

蜜の味

わたしの名前は高見沢《たかみさわ》涼子《りょうこ》。二十八歳。医師になって四年目の外科医です。恥をしのんで告白します。わたし、いつも他人の不幸に、そこはかとない快感を覚えてしまうのです。医師として、あるまじき感情だというのはわかっています。でも、その気持をどうしても抑えることができません。

先日もこんなことがありました。乳がんの末期の患者さんのご主人に、奥さまの病状を説明したときのことです。

「奥さまの容態はいよいよ悪化しています。場合によっては、最悪のことも考えておかれたほうがいいかもしれません」

患者さんは八十三歳。がんが脳に転移して、もう三カ月以上も意識がありませんでした。八十六歳のご主人は、頭もしっかりしているし、冷静な方なので、ある程度は状況を理解していらっしゃると思っていました。ところが、わたしの説明に心底驚かれたようで、見る見る顔が蒼白《そうはく》になりました。

「妻は、あとどれくらい、持ちこたえられるでしょうか」

声を震わせ、すがるような目でわたしを見ます。わたしはできるだけ親身になって、相手を気づかうように答えました。

「そうですね。最悪の場合……、もしかしたら、ひと月以内にも」

ご主人はこれまでめったに感情を表すこともありませんでした。ですが、なにせ高齢ですから、耐えられる苦痛にも限界があるのでしょう。目の下の皮膚がピクピクとけいれんし、唇も血の気を失って、凍えるように震えていました。ああ、この人は今、間近に迫った妻の死という現実に直面して、絶望しているのだなと思いました。気の毒で、かわいそうで、わたしも深刻な表情を解くことができません。

その一方で、もう一人のわたしが、ご主人を冷ややかに見つめ、心の底で薄い笑いを浮かべているのです。

このご夫婦には子どもがなく、互いにとても深く愛し合っていらっしゃるようでした。奥さまが意識を失ってからも、ご主人は毎日お見舞いに来て、顔を拭いてあげたり、声をかけたり、白髪を撫《な》でてあげたりしていました。最愛の奥さまに先立たれたら、ご主人はどれほど孤独に苛《さいな》まれるでしょう。そんなことも冷静に見通しながら、わたしは内心で肩をすくめているのです。

ごめんなさい。こんな話、不愉快ですよね。だれも聞きたくないですよね。でも、わたしは自分のこの心の動きを、安易に〝ないこと〟にするのはよくないと思うのです。

その患者さんは結局、二カ月後に亡くなりました。死が近いことを説明したあと、ご主人は懸命に悲しみをこらえていらっしゃいましたが、一カ月を過ぎたあたりからやや落ち着き、最後は穏やかに奥さまを看取ることができました。最悪の場合の余命を、短めに言ったことが功を奏したようです。

わたしが医師になったのは、家庭の影響だと思います。曾祖父の代からの医師の家柄で、親戚にも医師や医学者が多かったので、小さいころから自然と医学の道に進むのだろうと思っていました。卒業したのは東京の創陵《そうりょう》大学です。幼稚舎から通っていましたが、幸い成績がよかったので、さしたる苦労もせずに、医学部に進学しました。塾などにも行かず、もっぱら家庭教師でしたが、それも親の体裁（家庭教師くらいつけないとみっともないという）で雇っているようなものでした。別に勉強など見てもらわなくても、十分満足のゆく成績は取れましたから。

大学二年のとき、「ミス創陵コンテスト」でグランプリをいただきました。医学部からは初の受賞らしく、メディアにつきまとわれて困りました。モデルやタレントにならないかというお誘いもいただきましたが、まずは医師になることを優先して、すべてお断りしました。

卒業後、外科の医局に入局したのは、第一外科の医局長から直々にお誘いをいただいたからです。卒業時の成績がよかったこともありますが、実習のレポートに描いた挿図が教授の目に留まったのだそうです。医局長によれば、絵心のある医師は、手術がうまくなるとのことですが、わたしは絵よりも音楽のほうが得意なのです。子どものころからフルートを習っていて、今も趣味で芸大出身の友人たちと定期的に演奏会を開いたりしていますから。

外科の研修医になったあと、わたしは一人でも多くの患者さんを救える医師になろうと、懸命に勉強に励みました。海外の論文も読み、手術の技術を高めるための練習も人一倍熱心にやりました。でも、ひとつだけ疑問に思うことがありました。それは、指導医の先生が患者さんやご家族に説明をするときの言い方です。

最初に違和感を持ったのは、五十六歳の直腸がんの患者さんへの手術の説明でした。個人でデザイン事務所を開いている方で、仕事の都合上、治癒の見込みをはっきり聞かせてほしいとおっしゃったのです。すると指導医は、深刻な顔でこう説明しました。

「がんは残念ながら早期ではありません。どちらかと言えば進行がんです。手術はできると思いますが、治癒の見込みは五分五分、あるいはそれ以下と考えてください」

患者さんは拳を握りしめて、真剣な表情で指導医を見つめていましたが、やがてがっくりと肩をおとし、「わかりました」とうなずきました。横にいた奥さまも、ハンカチで口元を押さえ、涙を溢《あふ》れさせました。でも、おかしいのです。その人のがんは、粘膜下層をわずかに越えているだけで、進行がんというよりほとんど早期がんに近い状態だったのです。転移もありませんし、治癒の見込みは五分五分どころか、七割から八割はあったでしょう。それなのに、なぜ指導医はあんな悲観的な言い方をしたのでしょうか。わたしなら、患者さんを安心させるために、九割方は大丈夫ですよと言ってあげるところです。

ほかにもこんな患者さんがいました。C型肝炎から肝硬変になった四十二歳の女性で、食道静脈瘤《じょうみゃくりゅう》の手術をする予定の人です。説明を聞きに来たご主人と娘さんに、別の指導医はこう言いました。

「手術で食道静脈瘤が破裂しないようにはできますが、肝硬変は治りません。肝臓がんになる可能性もあります。だから、言いにくいことですが、あまり長生きはできないと思っておいてください。お嬢さんも、お母さんにあまり心配をかけないように。今のうちにしっかり親孝行するようにね」

言われた中学生の娘さんは、うつむいて涙をポタポタとこぼしました。

たしかに肝硬変の治療法はありませんし、C型肝炎の人はふつうの人より肝臓がんになる確率が高いのも事実です。だけど、必ずがんになるとはかぎらないし、肝硬変でも長生きする人はいます。それなのに、どうして指導医はあんなに相手を悲しませるような言い方をしたのでしょう。もっと希望が持てるように言ってあげればいいのに。

理由を聞くと、指導医はこう言いました。

「無責任に楽観的な見通しを言うのはよくない。なまじな希望は、あとでよけいに患者を苦しめるからな。はじめに厳しい説明をして、しっかりと覚悟してもらったほうが、治療を続けるにはいいんだ。すべては患者のためだよ」

病気を真剣に捉え、治療に専念するためには、そのほうがいいというのです。でも、別の指導医はこうも言いました。

「厳しい説明をするのは、我々の防衛手段だよ。余命を短めに言って、それ以上生きても文句は言われないが、長めに言って、早く死なれると、もっと生きると言ったじゃないかと遺族にねじ込まれるからな。実際、それで訴えられるケースもある」

患者さんや家族を喜ばせることより、医師の保身を優先して、逆サバを読むわけです。ひどいと思いましたが、昨今の医療訴訟の多さを考えれば、それも致し方ないかもしれません。被告席に座ることは、決して他人事ではないのですから。

そのうち、わたしは患者さんに厳しい説明をする指導医に、ある種の共通した表情の動きを感じるようになりました。深刻な面持ちで同情し、精いっぱいの厳粛さを漂わせながら、顔の筋肉や声の裏側に、快感がうごめいているのです。九十九パーセント患者さんに寄り添っていても、一パーセントの悦《よろこ》びを消し去ることができない。それは医師という職業の業《ごう》なのかも知れません。むかし、祖父も似たようなことを言っていました。医者と患者は、心の底では互いに憎み合っているのだよ、と。

祖父は外科医で、医科大の教授を定年退官したあと、特定医療法人の顧問として生涯を終えました。曾祖父は内科医で、軍医として中国東北部に出征し、復員後は地元で開業して、医師会の常任理事を務めました。父は現役の麻酔科医ですが、現在は都立病院の副院長をしています。

そんな環境で育ったので、わたしは小さいころから医学に興味を持ち、血や内臓を見ても平気でした。祖父の部屋には小手術のセットがあり、それをこっそり持ち出して、遊んだこともあります。

猫にクロロホルムを嗅《か》がせて、ガムテープで四肢を固定し、メスで胸を切り開いたときには、その心臓の美しさに目を奪われました。艶《つや》やかで、神秘的で、生命の光に輝いているのです。表面に微細な血管を這《は》わせ、一定のリズムで動き続けるビワの実くらいの心臓は、まるで芸術品のようでした。猫はもちろん死にますが、別に何とも思いません。心臓が動いているうちに取り出すと、震えるようにけいれんし、最後の収縮を終えるときの秘《ひそ》やかさは〝可憐《かれん》〟という言葉がぴったりでした。

気味が悪いですか。でも、それはきっと実物を見ていないからです。一度、生きている心臓を見てください。それを取り出したら、だれだってやみつきになるに決まっています。

大学病院で二年間の研修を終えたあと、わたしは都内の関連病院に配属されました。まだまだ一人前ではありませんが、それでも主治医として患者さんを受け持っています。中には末期がんの人もいて、余命を告げなければなりません。まさに〝宣告〟と言うにふさわしい行為です。「長くてあと半年」とか、「三カ月です」と告げるとき、わたしは自分が、神に近い存在になったような気がします。だって、相手があまりに真剣にわたしの言葉を聞くんだもの。

余命を告げると、だれしも悲愴《ひそう》な顔つきになり、哀れなほど動揺します。わたしは心から同情し、病気を治せないことを申し訳なく思う反面、胸の奥で秘かに快感を抱くのです。自分は健康で、死とは無縁であり、医学的な知識を十分に持ち、何の心配も悩みもない。もちろん、わたしだって事故や事件に巻き込まれる可能性はあります。でも、まずそんなことは起こらない。わたしは圧倒的に有利で安全な立場で、患者さんをかわいそうだと思えば思うほど、自分は病気でなくてよかった、死が間近に迫っていなくてうれしいという気持がたぎるのです。

そんな心の動きを、自分でもひどいと思います。でも、これって、わたしだけのものでしょうか。他人の不幸は蜜の味と言います。案外、だれにでもあるのでは？

小さなことですが、先日、地下鉄のホームで、発車間際に走ってきた乗客が、タッチの差で乗り遅れました。その横を通り過ぎる地下鉄の車掌の顔には、明らかに薄笑いが浮かんでいました。

また、シネコンにアカデミー賞受賞の映画を観にいったとき、わたしのところで次の回のチケットが売り切れました。売り子の女性は、「申し訳ありません」と眉を寄せながら、ひと匙《さじ》の蜜の味を愉《たの》しんでいるのがわかりました。

台風や大雨の報道でも、蜜の味を舐《な》めている人をよく見かけます。現場のレポーターたちは、被害が甚大であればあるほど、深刻そうに中継しますが、その声にはどこかしら弾む調子が混じっていないでしょうか。土砂に埋もれた車、倒壊した建物、家の中にまで流れ込んだ泥水……。

「あっ、めちゃくちゃですね。こっちもすごい」「あちこちに暴風で紙細工のように壊れた家が転がっています」「土台だけ残して、きれいさっぱりなくなっています」とか。

悲惨な状況をことさら衝撃的に見せようとするカメラワーク。そんな映像にスタジオのキャスターやコメンテーターたちも思いっ切り眉をひそめます。

「ほんとうに気の毒で、言葉もありません」「被災された方のご苦労を思うと、じっとしていられない思いです」「勇気を持って苦難を乗り越えてほしいものです」「一日も早い復旧を」

そんな言葉の背後から、（ありゃりゃ）（ひどいねぇ）（オレたちでなくてよかった）（この画《え》はウケるぞ！）（スクープだ！）（もっとひどいのはないのか！）等々のオーラが立ち上っています。

もちろん、これはテレビ業界の人が悪いわけではなく、わたしだって自分がディレクターやプロデューサーだったら、同じ反応をするでしょう。それを上手に隠す自信はありません。いえ、どんなに巧妙に隠蔽《いんぺい》しても、真実は透けて見えるものです。

先日もこんなことがありました。病棟の廊下を歩いていたら、主任看護師が近づいてきて、こう言ったのです。

「高見沢先生。Aさんのお孫さんが自殺したそうよ」

Aさんというのは過敏性腸症候群で長く入院している女性で、不平や苦情が多いため、みんなからあまり好かれていない患者さんでした。年齢は七十二歳。もともと神経質で、精神科にもかかっています。

わたしは驚く素振りで自殺の原因を訊ねました。すると、主任看護師はわたしのほうに顔を寄せ、口元に手をかざしてささやきました。

「詳しいことはわかりませんけど、もともと神経の細い方だったようですよ。お孫さん、十八歳ですって」

一段と声をひそめ、精いっぱいの同情を顔に浮かべながらも、その奥に隠微な興奮が透けているのです。

「うつ病だったのかしら」

「そうかもしれませんわね。Aさんも抗うつ剤をのんでますし」

あまりにうれしそうなので、わたしがそれとなく目に力を入れると、主任看護師ははっと気づいたように頰を引き締めました。彼女は優秀なベテラン看護師ですが、やはり蜜の味を舐める悦びだけは隠せないようです。

この邪悪な悦びは、患者さんに不幸な説明をするときにだけ感じるものではありません。いいことを言うときにも湧き上がります。

たとえば、いつ死んでもおかしくない末期がんの患者さんの病室に行って、ご家族を励ますとき。

「今日は顔色がいいですね」「目に光があります」「唇がきれいになってきました」

そんなふうに言うと、ご家族は喜び、少し安心します。でも、もう死ぬのはまちがいないから、ご家族は確実に大きな悲しみに直面する。それをわかっていながら、わたしは優しい言葉をかけるのです。ご家族は感謝し、頭を下げます。こんな残酷なことってあるでしょうか。そう思いながら、わたしは肚《はら》の底で蜜の味を感じるのです。

でも、他人の不幸にまったく蜜の味がしないときもあります。

Bさんは胃の悪性リンパ腫で、とても穏やかな人でした。腫瘍《しゅよう》は早期ではないけれど、手術で切除できると思っていました。ところがお腹を開けてみると、肝臓の表面にMRIにも写らない小さな転移が無数に散っていたのです。これでは胃を切っても意味がありません。外科部長は何もせずに閉腹するようわたしに指示しました。

手術後、Bさんにその説明をするとき、なぜか深い悲しみに襲われました。蜜の味など毛筋ほども感じません。同じ他人の不幸なのに、どうしてでしょう。わたしはほんとうに邪悪な悦びがないかどうか、心の奥の奥までさがしました。でも、あるのは悲しみとやるせなさだけでした。

Bさんは五十歳でしたが、夫に先立たれて、大学生の娘さんと二人暮らしでした。この母娘《ははこ》はとても控えめで、礼儀正しい人たちでした。治療に関しても、「よろしくお願いします」のひとことだけで、あれこれ不安がったり、めんどうな注文をすることもありません。だから、わたしはBさんに好意を抱いていました。つまり、好きだったから、悲しみしか湧いてこなかったということでしょう。蜜の味は、嫌いな人やまったく見知らぬ他人の不幸に感じるものなのかもしれません。

すべての患者さんを好きになれればいいのですが、医師も人間ですから、そうはいきません。いえ、むしろ、たいていの患者さんは嫌な感じです。病気を過度に不安がり、心配し、あれこれ煩わしいことを求めます。わがままで、小心で、そのくせ厚かましい。あ、これはわたしだけが思っていることじゃありませんよ。たいていの医師の本音だと思います。医局では、どの医師も患者さんの愚痴や悪口をさんざん言っていますので。

＊

「だから困ってるって言ってるじゃない！」

わたしは三杯目のスクリュードライバーを飲み干し、グラスをテーブルに打ちつけました。場所は銀座《ぎんざ》の老舗《しにせ》バー。同席していたのは、大手新聞社の文化部長と、有名出版社の編集者、売り出し中のミステリー作家、それに民放のプロデューサーの四人です。画廊のオープニングパーティに連れて行ってくれた文化部長が、知り合いを集めて二次会に繰り出したのです。

「この高見沢涼子先生はな、外科医にして元ミス創陵なんだ。医学部からは空前絶後のグランプリだぞ」

席についてすぐ、文化部長が大袈裟《おおげさ》に紹介しました。彼はわたしがミス創陵になったときは週刊誌のデスクでしたが、今は出世しています。

「さすがにキレイだ」

「絵に描いたような才色兼備じゃないか」

「診察してもらったらドキドキして、血圧が上がっちゃうかも」

おじさまたちが見え透いたお世辞を言ってくれます。でも、わたしが困っていると言ったのは、そんなことではありません。他人の不幸に感じる蜜の味のことです。

「それは人間の自然な感情ですよ。むしろ、それを直視する涼子先生の姿勢こそ、評価されるべきじゃないかな」

編集者が言うと、ミステリー作家も妙な理屈で持ち上げてくれました。

「自ら不都合な心理面に目を向けるのは、勇気ある行動ですよ」

でも、わたしは納得できません。

「心に思っていることって、表に現れるじゃないですか。そんな気持が患者さんに伝わると困るんです。医療でいちばん大切なのは、信頼関係ですから」

「いいねぇ。実に純粋だ」

「すれっからしの中年医者に聞かせてやりたいよ」

「女性特有の潔癖さだね。美人だからよけいに説得力がある」

みんながあんまりふざけるので、つい大声を出してしまいました。

「もっとまじめに考えてください。わたしは真剣に悩んでるんですよ」

それでもおじさまたちがニヤニヤ笑いを消さないので、わたしは悲しくなりました。民放のプロデューサーが取り繕うように慰めます。

「他人の不幸に秘かな悦びを感じるのは、だれでもですよ。うちの近所に認知症になった人がいるんだけど、妻がその家の話をするときは、なんか嬉《うれ》しそうだもん。口では思いやるようなことを言いながら、声が弾んでるからね」

編集者とミステリー作家も続きます。

「おれたちだって、新人作家の原稿をボツにするとき、また次がんばってくださいなんて励ますけど、心の中じゃこんなクソ原稿だれが載せるかよって、思ってたりするからな」

「作家も同じだね。仲間の作家が苦労して書き上げた長編が売れなかったりすると、傑作だとか、読者は何もわかってないとか慰めながら、全員、ざまあみろって思ってるからね」

場がふたたび盛り上がりはじめると、文化部長がウィスキーのハイボールをお代わりしながら身を乗り出しました。

「うちの局次長の家が家庭崩壊でね。中学生の息子が不登校で、奥さんはキッチンドリンカー、娘はタトゥーを入れて、高校を中退したあと子どもを産んだらしい。そしたらまわりの連中が言うわけよ。局次長は出世街道をまっしぐらで、あんな恵まれた人はいないと思ってたのに、今までの苦労がぜんぶ無駄になったのねと、同情するような顔でたっぷり蜜の味を愉しんでるからな」

「今の言い方だって、とっても嬉しそうですよ」

わたしが指摘すると、文化部長は落とし穴にはまったような顔になり、「アハハ。こりゃ一本取られた」と口元を歪《ゆが》めました。

「だけど、わたしはやっぱり医師が患者さんの不幸に悦びなんか感じたらいけないと思うんです。でも、そんな人は世の中にあふれているでしょう。解雇を告げる社長とか、立ち退きを迫る大家とか、融資はできませんと断る銀行員とか、オーディションの落選を告げる審査員とか、書類の申請を却下する役人とか、死刑判決を言い渡す裁判官だって、心のどこかで悦んでるんじゃないですか」

「裁判官はちがうだろう」

文化部長がちょっとマジになって言ったので、わたしは反論しました。

「ちがいませんよ。最初はそうかもしれませんが、死刑の宣告も何度かやれば慣れるはずです。人に死を告げるのは、最高に甘美なんです。医師だって同じだもん」

おじさまたちは驚いたように顔を見合わせ、ばつが悪そうに笑いました。そのあとで最年長のプロデューサーが、ひとつうなずき、紳士の口調で言いました。

「いや、実におもしろい。潔癖に見えて、適度に露悪的なところがいい。高見沢先生、突然で恐縮ですが、テレビに出演してみるお気持はありませんか」

「はあっ!?」

あまりに唐突な申し出に、思わず声をあげました。ミステリー作家がすかさず続けます。

「そりゃいい。涼子先生なら、辛口のコメンテーターとして立派に通用するよ」

「うん、画《え》的にもバッチリだ」

編集者が親指と人差し指でフレームを作ってわたしをのぞき込みます。

「ちょっと待ってください。わたし、もともとテレビには批判的なんですよ。こんなことを言うと失礼かもしれませんが、バラエティは低俗な内容ばかりだし、視聴者をミスリードする情報も多いし」

「だったら、先生がそれを正してくだされぱいい」

「できませんよ。わたし、テレビに出たことなんかないし、うまい発言もできませんし」

「今の調子でいいですよ」

「そう。素のままで十分キャラ立ちしてますよ」

編集者とプロデューサーが言うと、文化部長が腕組みをしてうなりました。

「うーん。あとはネーミングだな。高見沢先生じゃ長いし、涼子先生もイマイチ古い。そうだ、タカミーはどう」

「いいね。彼女にぴったりだ」

プロデューサーが指を鳴らすと、みんながうなずきました。おじさまたちを代表して、文化部長が父親みたいな口調で言いました。

「何ごとも経験だし、どう、一度やってみたら」

全員が熱い視線を送ってきます。

なんだか、はじめから仕組まれていたみたいでした。

＊

最初のテレビ出演は、超売れっ子の漫才コンビが仕切るバラエティでした。芸人やタレントがあるテーマの賛成派と反対派に分かれ、互いに相手をやり込めるという構成です。この日のテーマは安楽死でした。

控え室に通されると、ディレクターが来て台本を渡してくれました。台本といってもセリフが決まっているわけではなく、おおまかな進行と、アナウンサーのセリフが書いてあるだけです。

「高見沢先生はその場の流れで、適当に発言してもらえればいいですから」

打ち合わせのあと、メークさんが来てお化粧を直してくれました。

本番前にスタジオに入ると、司会の漫才コンビがいて、わたしに気づくと笑顔で近寄ってきました。

「外科医タカミーですね。今日はガンガン本音を言っちゃってくださいね。ただし、本番中にボクへの愛の告白は困りますが」

「するわけないやろ」

挨拶《あいさつ》からボケとツッコミをかまして、わたしを笑わせてくれます。

ほかにも大物政治家や、売れっ子のニューハーフ、辛口で知られる映画監督などが次々と挨拶に来てくれます。どうやら有力なプロデューサーのお声がかりというのが効いているようです。

本番がはじまると、出演者たちは口角泡を飛ばすという感じで、発言をエスカレートさせました。ほかの人がしゃべっているのに無理やり割り込んだり、怒鳴ったりする人もいて、どんどんテンションが上がります。わたしは初出演なので遠慮していたら、突然、ボケ担当の司会者が話を振りました。

「タカミーなんかどう。高みの見物ばっかしてないで、ひとこと言ってよ」

さすがに緊張しましたが、安楽死は得意分野ですから落ち着いて答えました。

「現場では、耐えがたい苦しみに苛まれる患者さんが、死ぬに死ねなくて、見るも無惨な状況になっています。『死ぬな』と言うのは、ときに『死ね』と言うより残酷なこともあるんです」

スタジオが静まり返り、反対派も黙り込んでしまいました。やっぱり現場の意見は強いようです。そのあとも何度か意見を求められましたが、一度発言すれば気が楽になり、難なく答えることができました。画面で目立とうとする出演者ばかりなので、逆に控えめにしているほうがインパクトがあったようです。結局、わたしの発言が決め手となって、議論は安楽死賛成派の勝利に終わりました。

「いや、よかったよ」

「テレビ初体験とは思えない。堂々たるもんだ」

ディレクターやプロデューサーがしきりにほめてくれます。いい気分になっていると、打ち上げに誘われました。これまでテレビの画面でしか見たことのない有名人たちとの飲み会です。赤《あか》坂《さか》の芸能人御用達のバーで、高級なお酒をふんだんに振る舞われました。

「この美貌《びぼう》と知性なら、怖いものなしね」

「ブレークまちがいなしだよ」

プロデューサーに勧められて、大手の芸能事務所に所属することになりました。でも、医師の仕事も続けたいので、契約は緩やかなものにしてもらっています。テレビはあくまで余技ですから。

＊

その後も仕事は次々決まり、ワイドショーのコメンテーターになったり、お昼の対談番組に出たりもしました。芸能界というところは、才能とか努力ではなく、世間のニーズ次第で売れたり売れなかったりするそうです。たまたま医療系のタレントが涸渇《こかつ》していたらしく、わたしがそこにハマったということでしょう。

新聞や雑誌の取材もあり、コラムやエッセイの連載も頼まれました。もちろん医療に関するまじめな内容で、ふだんから感じている現場の矛盾を書き連ねました。すると、これがまた大好評。あっという間に本になり、出版されるとベストセラーになって、さらに注文が増えました。

でもわたしは医師の仕事を大事にしたかったので、勤務に差し支えそうなものはすべてお断りしていました。ところが皮肉なことに、それがまた世間の渇望を煽《あお》ったようで、写真集を出したいとか、女優にならないかとか、ドラマの主役に抜擢《ばってき》したいとか、挙げ句の果てには、有名私立大学から教授のポストを用意しているなんて話も舞い込みました。

病院でもわたしはすっかり有名人扱いで、「すごいね」とか「本、読んだよ」とか、多くの同僚や看護師から声をかけられます。院長や総看護師長、事務長までが感心するように言うのです。

「高見沢先生は才能があるんだねぇ」

「先生はほんとうに幸運な星の下に生まれたのねぇ」

「次から次へと夢を実現されて、すばらしい人生ですねぇ」

恐縮しながら頭を下げますが、ふと気づきました。わたしを褒めそやす人の声や表情に、煮詰めた毒のような苦みがひそんでいることに。

他人の不幸が蜜の味なら、他人の幸福は猛毒の味なのでしょう。わたしがテレビに出たり、ベストセラーを出したりすることを、多くの人が不愉快に思っているにちがいありません。そのオーラが徐々に濃くなって、不思議な力を持ちそうです。現実を動かして、わたしに思わぬ不幸をもたらすような。


盛者必衰、驕《おご》る平家は久しからず。

今のようなことをしていたら、わたしはいつかとんでもない不幸に陥るのではないでしょうか。そのとき、みんなは心の中でざまあみろと快哉《かいさい》を叫ぶでしょう。今だって、本音ではわたしの不幸を願い、大失敗をしてどん底に落ちるのを心待ちにしているにちがいありません。ああ、考えただけでも恐ろしい。そんなことにならないように、状況を変えなければたいへんなことになります。

しかし、お世話になった人に迷惑をかけるわけにはいかないし、前からの約束もあって、急に仕事を減らすこともできません。それで一計を案じ、テレビで思い切り高飛車な発言をしてみました。顰蹙《ひんしゅく》を買って人気が落ちれば、出演の依頼も減ると思ったのです。ところが皮肉なことに、それが逆にセレブキャラだともてはやされました。

いったん流れができると、何を言ってもウケるし、つまらないことでも感心されます。仕事のオファーも増え、ギャラのランクも上がりました。みんながチヤホヤしてくれますが、その裏には恐ろしい嫉妬《しっと》のオーラが渦巻いているのです。

みんながわたしの不幸を待ち望んでいる……。

愛想笑いですり寄る人も、わたしへの憎悪と不満を胸に秘めています。わたしを嫌っている人も、感情を直接ぶつけてくることはありません。大勢の取り巻きがいるので、刃向かっても無駄なことが明らかだからです。その分、呪いの怨念《おんねん》が強まります。

人気が落ちれば、取り巻きもいつ敵にまわるかわからない。そうなったら露骨な攻撃をしかけてくるでしょう。わたしは疑心暗鬼に陥り、だれともリラックスして話せなくなりました。

病院でも、常に極度の緊張状態にあります。手術を失敗するのじゃないか、危険な薬の処方ミスをしてしまうのではないか。同僚や看護師も、みんな手ぐすねを引いてわたしの不幸を待ち望んでいる。医師としての最大の不運、それは患者さんの命に関わる医療ミスです。だれかがわたしを妬《ねた》んで、そんなミスを招くような罠《わな》を仕掛けるのじゃないか。点滴の中に劇薬を入れるとか、輸血パックの血液型を書き換えるとか、手術のとき、溶ける糸で動脈を結ばせて、あとで大出血するように仕組むとか――。方法はいくらでもあります。

何か悪いことが起こりそうな予感がして、わたしはいつもビクビクするようになりました。食べものに毒を入れられないか、うしろからナイフで刺されないか、夜道で待ち伏せされないか、車に乗るときだって、エンジンをかけた瞬間に爆発しないかと緊張します。冤罪《えんざい》事件に巻き込まれたり、ヤクザに因縁をつけられたり、家に放火されたり、地下鉄のホームから突き落とされたり――。

幸せを築くのには時間がかかりますが、失うのはあっという間です。

わたしは精神的に疲れ果て、まともな思考ができなくなりました。そして、逆に自分の不幸を待ち望むようにさえなったのです。

頭がおかしくなったわけではありません。何か不幸なことが起これば、みんなの嫉妬も和らぐと思ったのです。わたしも少しは蜜の味を世間に提供しなければならない。どんな不幸が訪れるのかと思えば怖いですが、何が起こっても受け入れなければなりません。それでやっとバランスが取れるのですから。

　でも現実って、ほんとうに思い通りになりません。不幸を待ち望んでいるわたしなのに、どんどん幸運が舞い込んでくるのです。手すさびで出したフルートのＣＤがアニメ映画の主題曲になり、ゴルフでホールインワンを出し、新築した家が世田谷区《せたがや》の「ベスト景観賞」に選ばれたりしました。わたしが考案した肝臓手術のちょっとした工夫が、消化器外科学会の懸賞論文で一等にも選ばれました。多くの人が必死に幸運を求めても手に入らないのに、不運を覚悟しているわたしのところに自然に集まるなんて、世の中はなんと皮肉なんでしょう。

　いろんなことが重なって、テレビの出演や執筆も忙しく、わたしは徐々に病院の仕事が負担になってきました。医療ミスを警戒し続けるのにも疲れましたし、患者さんの不幸に向き合うのも重荷になってきました。

　病院にはほんとうに悲惨な不幸があふれています。母子家庭で障害児を育てている母親が手遅れの乳がんで亡くなり、結婚が決まって喜んでいた青年が、スキルス胃がんで余命三カ月と診断され、喘息《ぜんそく》と膠原病《こうげんびょう》とリウマチを抱えた女性が、その上に手術不能の膵臓《すいぞう》がんになり、はじめての妊娠で喜んでいた女性が、進行の早い直腸がんで子宮ごと摘出しなければならなくなりました。何の落ち度もなく、まじめに暮らしている人たちが、どうしてこんな酷《むご》い病気にならなければいけないのでしょう。この状況を見ただけでも、神さまなんかいないと断言できます。

　悪魔はいるかもしれませんが――。

他人の不幸の蜜の味も、あまり数が多いと食傷気味です。治らない患者はいくら頑張っても治らないし、治る患者は放っておいても治ります。手術がうまいとか下手とか言っても、所詮は自己満足にすぎません。そろそろ病院をやめて、楽な生活をしようか。そんなふうに考えていたとき、わたしに最高の幸運が訪れました。

すばらしい恋人ができたのです。

*

彼の名前は綿貫嘉人《わたぬきよしと》。

介護福祉のベンチャー企業、「TERAホールディングス」の若きCEOです。

五歳年上の嘉人さんとは、軽井沢の別荘に行ったとき、乗馬クラブのパーティで知り合いました。明るくて話も面白いし、俳優になってもおかしくないイケメンです。車はフェラーリGTOとブガッティ・ヴェイロン、服はイタリアのドナート・ヴィンチ、靴はイギリスのエドワード・グリーン、時計はオーデマ・ピゲと、「超」のつくセレブです。以前からわたしのファンだったらしく、わたしの本やCDも全部買ってくれていました。

嘉人さんの別荘に行くと、広大な敷地にサウナやテニスコートもあって、まったくのプライベート空間です。家族はお母さまと妹さんが一人。お父さまは三年前にがんで亡くなったそうです。

妹さんは生まれつき障害があって、今はＴＥＲＡ系列の施設に入っています。嘉人さんが介護福祉のベンチャーを立ち上げたのも、妹さんが少しでもいい環境で暮らせるようにとの思いからだそうです。

ＴＥＲＡホールディングスは、介護付き有料老人ホームを全国に五十四カ所持ち、ヘルパー派遣、訪問入浴サービス、配食サービスなどの事業所を八百七十余り、介護専門学校を七校運営している総合的な介護福祉会社です。傘下に二十の関連企業を持ち、社員総数は約八千人、年商は一千五百二十億円。そんな企業の経営者ですから、毎日多忙を極めていますが、わたしと会うためならいつでも時間を作ってくれます。

付き合いはじめて一カ月もしないうちに、嘉人さんはわたしにプロポーズしました。それからは贈り物攻めです。指輪やバッグ、毛皮に車、高価な着物やゴルフセット、わたしがトルコのアイスクリームが好きだと言うと、本場からトルコアイスの製造器を買い、職人まで呼び寄せてくれました。その情熱にほだされて、わたしも三カ月目に嘉人さんとの結婚を承諾したのです。

婚約すればおおっぴらにデートもできるし、人目を気にすることもありません。贅沢《ぜいたく》と優雅さに彩られる生活で、毎日が夢のようでした。でも、それがまたわたしを怯《おび》えさせたのです。

こんなに幸せでいいのだろうか。このまま結婚したら、恐ろしいことになるのじゃないか。嘉人さんは今は優しいけれど、結婚したら豹変《ひょうへん》するかも。暴力夫になってわたしを殴りつけ、髪を持って引きずりまわすかもしれない。今はふつうのセックスをしているけれど、実は変態で、異常な行為を強いられるかもしれない。あるいはものすごいマザコンで、母親の言いなりかもしれない。

お母さまは優しくて穏やかな人ですが、一度や二度いっしょに食事をしたくらいでは本性はわかりません。実はものすごく意地悪で、身勝手で、家事から子育てまで細々と口出しをするかもしれない。あるいは嫁をメイド扱いして、わたしを顎《あご》で使うのかも。

妹さんも、今は施設に入っているけれど、いつか家に引き取ることになるかもしれません。嘉人さんの妹なら喜んでお世話しますけど、すごく我《わ》が儘《まま》だったり、性格が悪かったらどうしよう。

そんなネガティブなことばかり、考えてしまうのです。

*

そうこうするうちに、結婚式の日が来ました。

その日まで、わたしはどれほど不安におののいたことでしょう。嘉人さんが白血病になるのじゃないか、交通事故で死ぬのじゃないか（ドラマではよくあるでしょう）、あるいは、地震ですべてがだめになるとか、わたしが怪我《けが》をするとか、異常者に強姦《ごうかん》されるとか、とにかくこの世には一瞬で幸せを破壊する危険があふれています。

でも、なんとか無事に式の日を迎えることができました。式場は赤坂の霊南坂《れいなんざか》教会、披露宴は帝国ホテルの孔雀《くじやく》の間で、千二百人のお客さまをお招きしました。友人や同僚、先輩のみなさんが笑顔で祝福してくださいます。でも、それがわたしには怖いのです。

「おめでとう」「よかったね」「お幸せに」などの声に混じって、「羨ましい」「タカミーばっかり狡《ずる》い」「神さまは不公平」などの陰口が聞こえてきます。

さらにもう一皮剝《む》けば、（すぐ離婚するに決まってる）（早く不幸になれ）（呪ってやる）（死んでしまえ）等の本音が露《あら》わになるのでしょう。恐ろしい。嘉人さんとわたしを祝う大勢の笑顔の下から、どす黒い嫉妬の情念がにじみ出てくるようでした。

わたしは打ち克《か》てるでしょうか。いえ、負けるわけにはいきません。わたしの幸せは、たしかに幸運もあったけれど、自分の努力で手に入れたものです。だれに遠慮することもない。堂々としていればいいのです。

そうやって自分をなだめ、なんとか平静を取りもどすと、またぞろ不安が頭をもたげました。こんなふうに安心していると、とんでもない不幸が襲ってくるのじゃないか。油断をするな。まわりは敵ばかり、わたしの不運を望む者ばかり。

新婚旅行は、セーシェルのプライベートアイランドに行きました。そこで一週間、日本の敵たちから離れてゆっくりしました。

でも、わたしは心からくつろげません。新婚旅行中にもどんな不幸に見舞われるかしれないのですから。

嘉人さんに誘われて、スキューバダイビングもしましたが、わたしの脳裏からは悲惨な事故が離れません。レギュレーターのトラブルで窒息、溺死《できし》、潮に流されて漂流、エアタンクの爆発、急速浮上で減圧症など、危険は山ほどあります。パラセーリングをしても、乱気流に巻き込まれないか、ラインブレークして墜落しないかと、ハラハラドキドキ。ゴルフのプレー中も、雲が出てくると落雷が心配ですし、晴れていても、となりのコースから打ち込まれた球がいつ頭や心臓を直撃しないともかぎりません。

心配はもちろん事故ばかりではありません。二人でのはじめての旅行なので、嘉人さんの思いがけない一面を見せられたり、大げんかをしたりして、成田離婚になったらどうしよう。食中毒とか、強盗に襲われるとか、テロに巻き込まれたり、飛行機が離着陸に失敗したり、空中分解したり……。どうせならいっそひと思いに死にたいと、心から願ったくらいです。

でも、実際の旅行は悪いことなど何も起こらないどころか、筆舌に尽くしがたい楽しい一週間だったのです。豪華な食事においしいお酒、美しいビーチを独り占めにして、夕暮れは黄金のパノラマに心を奪われる。嘉人さんは優しくて、あれこれ気をつかい、陽気に振る舞ってわたしを笑わせてくれます。セックスだって、温かい愛情と、奥深い悦楽に満ちていました。喧嘩《けんか》もしないし、こんなに幸せでいいのかしらと心配になるくらい。

いいえ、比喩ではなく、ほんとうに心配なのです。

幸せな時間が続けば続くほど、それに見合う大きな不幸が待っているのではないか。このまま平穏無事にいくわけがない。嵐が近づいている予感。それもただの嵐ではなく、この幸せを根こそぎ破壊して、倍の不幸を運び込む暴風雨が吹き荒れそう。

怖いです。

＊

新婚旅行からもどっても、わたしの不安は消えません。

日本に帰ると、ふたたびわたしに嫉妬し、不幸を切望する人々に囲まれる生活がはじまります。怨念の圧力が高まって、臨界状態に近づいているのを感じます。平凡で退屈で、取るに足りない惨めな人生を送っている無数の人たちの深い恨みを、わたしは一身に背負っているのです。

嘉人さんは帰国した翌日から忙しく働きはじめました。帰りはいつも深夜です。もしかしたら、浮気をしているのかも。でも、そのほうがよかったかもしれません。わたしも少しは不幸だと言えるから。けれど、嘉人さんは前にも増してわたしを情熱的に愛してくれます。

わたしは結婚を機にすべての仕事をやめて、専業主婦になりました。といってもお手伝いさんや運転手さんがいますから、何もやることはありません。この上なく恵まれているのに、不安だけが募ります。時間があるから、よけいなことを考えるのでしょう。ＴＥＲＡホールディングスが海外企業に乗っ取られはしないか、一夜にして全財産を失いはしないか、嘉人さんが部下に裏切られないか、幼女相手に性犯罪を犯したり、エスカレーターで女性の下着を盗撮したり、突然、おかしくなって焼身自殺したりしないか。あるいは、革命が起きて、わたしたちはブルジョアとして糾弾され、田舎の農場送りになって、鎖につながれて強制労働させられないか。

豪華なリビングで紅茶を飲んでいても、ふと幻影が過《よ》ぎります。ヒッピー風の狂信的な若者たちが乱入してきて、わたしを縛り上げ、陵辱《りょうじょく》して、ギザギザのナイフでのどを掻《か》き切る。壁にはわたしの血で「メス豚」「淫乱」などと書きなぐられる。アメリカでそんな死に方をした女優がいたでしょう。幸せなんて、ほんとうにあっけなく壊れます。わたしは恐怖のあまり食欲も失せ、夜も眠れなくなりました。外出も恐ろしくてできません。精神のバランスが狂いかけていたようです。

そんなふうに怯えるわたしを、嘉人さんは懸命に慰め、励ましてくれました。仕事も忙しいだろうに、わたしを気づかい、深く愛してくれます。その努力が実を結んだのか、ふたたびわたしは思いもかけない幸運に恵まれました。

妊娠したのです。

「涼子。でかした。すばらしい！」

嘉人さんはガッツポーズを決め、わたしをきつく抱きしめました。お義母《かあ》さまも目に涙を浮かべて喜んでくれました。わたしの父も喜んで、きっと孫は男にちがいない、鯉《こい》のぼりを用意しなければと気の早い喜びようです。母はとにかく元気な赤ちゃんを産むようにと、さっそくマタニティ本を送りつけてきました。友だちや知り合いからもお祝いの品や祝福のメールが届きます。

困りました。

あまりに順調すぎます。どうしてわたしには不幸が訪れないのでしょう。

ほかにもそんな人がいるのでしょうか。一生涯、ずっと幸運に恵まれ、やることなすことすべてがうまくいく人。裕福な家に生まれて、頭も性格もよく、容貌も抜群で、スポーツ万能で、芸術も理解して、すばらしい恋愛をして、人も羨む結婚をして、温かい家庭を築き、優秀な子どもや孫に恵まれて、周囲の人からも好かれ、尊敬され、やり甲斐のある仕事にも成功して、健康で元気で楽しい長寿をまっとうする人。

もしそんな人がいたら、あまりに不公平です。世間には貧しくて、頭も顔も性格も悪く、努力もせず、だらしなくて、いい加減で、狡くて、鈍くさくて、失敗ばかりする、無能で、低俗で、鈍感で、意志薄弱で、強欲で、嫉妬深く、嘘《うそ》つきで、身勝手で、短気で、頑迷な人があふれているのに。やっぱり、神さまなんかいないのですね。

そうならすべては許される。公平な裁きなんかないのだから。だったら、わたしは、このまま幸せな人生を送れるのかも。

世の中にはひどいことばかり起こります。何の罪もない人が難病にかかり、事故や災害に巻き込まれ、家族を亡くし、全財産を失い、命を奪われています。理不尽な不幸があるということは、逆に理不尽な幸福だってあり得るということかも。たまたまわたしは、幸福を運命づけられたようです。何をやっても大丈夫。そう、すべては死ぬまでうまくいく。

でも、それはまちがいでした。思い上がりもいいところ。きっと、こういうのを天罰と言うのですね。わたしは流産して、二度と赤ん坊を産めない身体《からだ》になってしまったのです。

＊

流産という不幸を背負ったことで、わたしは少し気が楽になりました。免罪符を手に入れたように思えたのです。これで今までの幸福も、少しは相殺されるでしょう。わたしもみなさんに蜜の味を提供したのですから。

だけど、嘉人さんの悲しみようは見ていられないほどでした。

「僕が悪かった。もっと君を大事にすべきだったのに、仕事にかまけて、取り返しのつかないことをした。これからは何を置いても君を最優先にする。こんな悲しいことはないけど、いちばんつらいのは君だよね。僕にできることがあれば何でも言ってくれ。どんなことでも君の希望を叶えるから」

自分を責めて涙ながらに謝るのです。お義母さんも落胆して、寝込んでしまいました。両親もわたしを気づかって、じっと悲しみに耐えてくれています。

家で療養していると、いろんな人がお見舞いに来ます。みなさん、同情してくれますが、家族でない彼らは、肚の底では蜜の味を舐めているにちがいありません。どれほど親切そうにわたしを思いやってくれても、その感覚は決して消えはしない。

そのうち、わたしは見舞い客にある傾向があるのに気づきました。成功している人や、自分自身に満足している人は、比較的、蜜の味を愉しむ度合いが少ないようです。人生がおもしろくない人や、不満を抱えた人、苛立《いらだ》っている人（つまりは世の中のほとんどの人です）ほど、露骨に蜜の味を愉しむのです。

悲しみを共有するようにわたしに寄り添い、涙まで浮かべて、「希望をなくさないで」とか、「自分のことのように悲しい」とか言う人にかぎってたっぷりと蜜の味を舐めています。一歩わたしの家を出たら、思わず笑みがこぼれているのじゃないでしょうか。

（もう子どもが産めないんですって。わたしなら耐えられないわ）（絶望よね。離婚されちゃうかも）（お金持ちって跡取りが大事だからね）（なまじ大富豪と結婚したばかりに、とんだ不幸を背負い込んじゃったわけね）（うふふ）（あはは）（へっへっへ）

どうぞ、ご存分に。

これであなたたちの醜《みにく》い情念が薄まるなら、わたしも安心できるというものです。

＊

それから一年がたちました。

みなさん、去年以上にわたしに深い同情を寄せてくれます。

驚かないでください。

嘉人さんが、心臓発作で死んだのです。正式な病名は心室細動。急に心臓が止まる恐ろしい不整脈です。


流産したあと、わたしは家でじっとしていることに耐えられず、ふたたび大学病院で働くようになりました。臨床ではなく研究の仕事です。外科の医局長に頼むと、喜んでポストを見つけてくれました。

その日、わたしが出勤したあと、お手伝いさんによって嘉人さんが死んでいるのが発見されました。わたしは実験の都合で、午前七時に研究室に行かねばならず、夜の遅い彼を起こさずに家を出たのです。

救急車が来たときには、もう死後硬直がはじまっていたそうですから、発作は夜中に起きたのでしょう。嘉人さんとわたしは、半年前から別々の寝室で眠っていました。それはわたしがお願いしたことです。

「ごめんなさい。あなたの鼾《いびき》がすごいので」

そう言うと、彼はすぐ了解してくれました。自分の鼾がどれくらいか、眠っている本人にはわからないのに……。


告別式には大勢の参列者が来てくださいました。むかしの知り合いもたくさん来ました。わたしは暗い顔をしておりました。結婚して二年にもならないのに、流産に引き続き、夫まで亡くした女。不幸のどん底に墜ちた女。

参列者たちは、さぞかし濃厚な蜜の味をむさぼったことでしょう。落差が大きければ大きいほど、蜜の味は濃くなります。超セレブと結婚し、何不自由ない生活に恵まれ、医師で、売れっ子タレントで、本とCDのベストセラーも出した元ミス創陵グランプリ。それが重なる不幸に見舞われ、黒いベールの下で悲しみに打ちひしがれている。わたしの涙は、多くの人に尽きない蜜の味を提供したにちがいありません。


でも、それはまやかしです。

ほんとうに蜜の味を堪能したのはわたし。

だれも知らない。気づきもしない。

赤ん坊の流産だって、自分で子宮収縮剤のプロスタグランディンを注射して引き起こしたのです。その結果の不妊も、わたしが望んだこと。子どもなんてぜんぜんほしくないし、あちこちでセックスする度に避妊するのも面倒ですから。

わたしは結婚に絶望していたんです。夫の嘉人は中身のないバカ男で、高級品を身につけることしか能のない成り上がりでした。値段が高ければいいと思い込むような価値観しかなく、芸術や哲学の素養も才能もない俗物です。いっしょにいても、知的な刺激がまるでありませんでした。

彼の死後、わたしの知り合いの医師たちは一様にこう言いました。

「AEDさえあれば、助かったのにな」

AEDとは、自動体外式除細動器のことです。駅や公共施設などでよく見かけるでしょう。心臓発作で倒れた人を助けるための蘇生器《そせいき》です。

「そうね。でも、自宅だったから」

わたしはさも悲しそうに応じました。しかし、AEDに近いものはあったのです。

大学病院には患者さんが心停止を起こしたときのために、各病棟にポータブルの簡易除細動器が備えつけられています。夫が亡くなる前夜、わたしは器材室から予備のそれをこっそり家に持って帰ったのです。ゴム手袋をはめて、指紋を残さないようにして。

除細動器は本来、けいれんしている心臓を動かす器械です。でも、正常に動いている心臓に使えばどうなるか。そう。心停止を起こすのです。自然な病気で起こった心室細動とまったく同じように。

もちろん、証拠は残りません。夫はいつも睡眠薬を使っていましたから、わたしが寝室に忍び込んでも気づきませんでした。パジャマをはだけて、電極を胸に当てても、少し身体をひねっただけ。

翌朝、わたしは早朝出勤をして、簡易除細動器をそっともとの場所にもどしました。

夫の死後、わたしは義母と手を取り合って泣きました。深い悲しみに沈む義母をいたわり、これからは二人で力を合わせて生きていきましょうと誓いました。

「わたしは嘉人さん亡きあとも、綿貫家の嫁として、お義母さまをお守りします」

これで莫大《ばくだい》な財産はわたしのものです。ふつうなら、世間の嫉妬が渦巻くところですが、わたしは不幸のどん底にいる女ですから、蜜の味がそれを中和してくれることでしょう。

義母が目障りになったら、タイミングを見計らって、あの世に逝ってもらえばいい。インスリンの過量注射、筋弛緩剤《きんしかんざい》、塩化カリウム、血液凝固剤、タリウム、ヒ素、ボツリヌス菌――。手段はいくらでもあります。施設に入っている妹も、いずれ心神喪失扱いにすればいい。

医師とはいえ、こんなことばかり考えているわたしは、やはり病気なのでしょうか。

好き勝手な妄想も、ほどほどにしておかないといけませんね。いつかものすごい不幸に見舞われるかも。悪運がいくら強くても間に合いません。

もし、神さまがいるとしたなら、きっとわたしのような人間は許されないでしょう。どんな罰が下るのか。

ウフフ、楽しみだこと。

ご主人さまへ

1

玄関から白塗りのおしゃれな門扉まで五メートル。この距離が、毎朝わたしをときめかせる。新築の家に配達される郵便物が楽しみなのだ。

今朝は何が届くだろう。そう思いながら郵便配達のバイクの音に耳を傾ける。バイクが素通りした日は、ちょっと淋《さび》しい。

今日、届いたのはダイレクトメールが二通と、「キレートケア研究所」からの大ぶりな封筒だった。

一週間前に申し込んだ「毛髪ミネラル検査」の分析レポート。髪の毛から体内のミネラルを調べて、健康状態をチェックするのだ。いつも食事のバランスを考え、規則正しい生活をしているわたしに、悪い結果など出るはずがない。でも、お腹の赤ちゃんのために申し込んでみたのだ。

大丈夫とは思いつつも、ドキドキしながら封を切る。片目をつぶるようにして見ると、総合判定は「B」だった。AからEのうちのBだから悪くはない。説明を読むと、必須ミネラルは足りているが、有害ミネラルのアルミニウムが基準値以上あるとのことだった。

有害ミネラルとは、カドミウムや水銀など、毒性のある物質のことだ。アルミニウムは、胃腸障害、息切れ、けいれんなどの原因になるらしい。アルミ鍋やアルミホイル、ビールのアルミ缶からも吸収されると書いてある。幸い、胎児には影響はないようだ。しかし、このレポートによると、アルミニウムの摂りすぎはアルツハイマー病の原因になると言われたこともあるらしい。若くして認知症になったらたいへんだ。

わたしはさっそく台所へ行き、アルミホイルを全部捨て、アルミ鍋は納戸にしまい、缶ビールもすべてゴミに出した。夫の昇平《しょうへい》は優しいから、きっとわかってくれるだろう。

昇平は三十一歳。わたしより二歳年上で、住宅メーカーで設計士をしている。自慢するわけではないが、資格は一級建築士。年収は五百八十万円で、同世代としては多いほうだろう。

今年、わたしたちはちょっと無理をして、二子玉川《ふたこたまがわ》に一戸建てを買った。長男のトモくんが幼稚園に入ったのと、二人目の妊娠が判明したのがきっかけだ。敷地は狭いけれど、三階建てで、子ども部屋は二つあるし、寝室には小さいながらウォークインクローゼットもついている。頭金は昇平の両親に出してもらった。トモくんが有名なお受験幼稚園「ちぬが丘幼稚舎」に合格したお祝いも兼ねてのことだ。

トモくんの合格はうれしかったが、若干気まずいことがあった。昇平の姉、杏子《きょうこ》の子どもが去年、ちぬが丘幼稚舎に落ちたのだ。わたしはうっかり忘れていて、手放しで喜びすぎた。合格を知った杏子は、エステで磨き上げた頰を引きつらせたにちがいない。ほとぼりが冷めるまでは、しばらく距離を置いたほうが無難だろう。

毛髪ミネラル検査のレポートを読んでいくと、案の定、途中からサプリメントの広告がはじまった。有害ミネラルを排泄《はいせつ》するデトックス商品のオンパレード。もちろん、わたしはそんなものには惑わされない。できるだけ自然のもので対処するつもりだ。アルミニウムの排泄には、ナッツ類、牛乳、鶏肉《とりにく》、まぐろなどがよいと書いてある。じゃあ、お昼に牛乳たっぷりのホットケーキを焼いて、夕食はまぐろの刺身とチキンのカシューナッツ炒《いた》めにすれば完璧だ。

2

夕方、ご飯の用意をしていると、昇平からＬＩＮＥが来た。

《今夜は早く帰る。見せたいものがあるから》

何だろう。

早く帰るといったって、どうせ九時は過ぎるのだ。先にトモくんに夕飯を食べさせ、わたしはお菓子で空腹をまぎらせながら、昇平の帰りを待った。昇平が帰ってきたのは九時半だった。

「お帰りなさい。トモくん、さっきまで起きてたのよ」

残念そうにするかと思いきや、昇平はそのほうがいいという顔をした。

「見せたいものって何？」

着替えが終わってから聞くと、昇平はカバンから一通の封書を取り出した。宛名が変だった。

『宇川真実子《うかわまみこ》のご主人さまへ』

裏を返すと、差出人が書かれていない。

昇平はリビングのソファに座り、ややきまり悪げに言った。

「昨日、届いたんだ、君が幼稚園に行っている間に」

昨日はクリスマス会の準備で、午前中、ちぬが丘幼稚舎に行っていた。水曜日は昇平の週に一度の休みなので、家にいたかったが、わたしは年少組の副幹事なので、出ざるを得なかったのだ。

「宛名が『ご主人さまへ』になってたから開封したら、ひどいことが書いてあった。感情的にならないで読んでみてくれるかな。もちろん、ぼくは真実子を信じているよ。だからこそ見せるんだけど」

渡された便箋には、ワープロの文字がびっしり並んでいた。


『拝啓。突然のお便りを差し上げる失礼をお許し下さい。わたくしは奥さまの真実子を良く知る者です。ご主人さまは真実子の本当の姿をご存じでしょうか。真実子は過去を隠して善良な主婦を演じておりますが、その実態は恐ろしい淫乱女でございmす。今にきっと本章を現して、ご主人さまを苦しめるでしょう。これまでにも多くの人間を裏切りだまし陥れてきました。真実子の最初の堕胎が中学二年の時だったとゆうことをご主人さまはご存じかしら。

高校時代は八王子《はちおうじ》でも有名なスケ番で、自分も田舎者のくせをして渋谷《しぶや》あたりで千葉や、埼玉から出てきた田舎少女をカツアゲしていましたし援助交際の縄張りを荒らしたと言っては、中学生を殴り、気に食わない女の頬を十円玉を鋏《はさ》んだカミソリで切りつけていました。十円玉を鋏むと傷の間が狭くて縫えないので確実に傷跡が残るのです。真実子に聞いてももちろん否定するでしょう。あの女は自分で気ずかずに嘘《うそ》を言いますから。昔から人の悪口ばかり言って自分はお高く止まっていつも人を見下しています。

真実子のツレには元々、暴走族やヤンキーが多くてシンナーをやったあとは毎回乱交パーティ。一度に三本の男根を咥《くわ》えて悶絶《もんぜつ》していたとか。この前も十月十七日に真実子が昔の男といっしょに歩いている姿を見ました。前に暫《しばら》く関係のあった男で歌舞伎町《かぶきちょう》の顔役チンピラ。円山町《まるやまちょう》のラブホテルから腕を組んで出てきたので、昼間からお盛んなことと呆《あき》れた次第。

それればかりではありません。真実子は偽ブランド品を友達に売りつけ、イミテーションジュエリも本物以上の、値段で売り捌《さば》いてこれってもう犯罪です。ご主人さまとのご結婚前に日暮里《にっぽり》の産婦人科で処女膜再生手術を受けて、見事に旦那をだましたと自慢してましたからこれも、立派な詐欺《さぎ》。

わたくしが、こんなことを書くのもご主人さまのことを思うからです。真実子は自分のことを評判のよい女だと言ってませんか。とんでもありません。真実子はいつもカマトトぶってボーットしてますが本当は計算高い女です。みんなが真実子の悪口を言います。でも真実子だって陰で他人の悪口ばかり言う女だから仕方ありませんわね。

失礼ながらご主人さまはお子さんがご自分の子だという確証おありですか。もしかして避妊しなかったから自分の子だと思い込んでいるのなら甘い甘い。世の殿方にはだまされているお人好しが多いのです。真実子の妊娠の相手はわたくしには目星がついています。新宿《しんじゅく》のホテルで主婦売春をしていたときに（それもご存じないでしょうね）、つきあっていたヤクザです。このままではご主人さまはモズの托卵《たくらん》を受けたウグイスのようになってしまいますよ。

真実子は自分さえ良ければ良いと思っているエゴイストです。思いどうりにならないとすぐヒステリーを起こす下品で無教養な女です。ご主人さまを利用するだけ利用して、ご主人さまのお金を勝手に自分の名義にしてやがてあっさり離婚するでしょう。預金通帳をお調べになったほうがよろしいですわよ。そんな女とは一刻も早く別れるべきです。ご主人さまに罪はありません。どうぞこの悲しい現実に打ち勝って新しい幸せな生活でお暮らし下さい。

善意の使者より』

「何よ、これ」

わたしは激しい怒りで目の前が真っ赤になった。途中から斜め読みにしたけれど、あまりにひどい。はじめから終わりまででたらめの連続だ。

「昇ちゃん、まさか、こんなもの真に受けてるんじゃないでしょうね」

「もちろんちがう」

「じゃあ、どうして昨日わたしに見せなかったのよ」

思わず声が尖《とが》った。「この手紙、昨日来たって言ったよね。わたしの留守中に読んだんでしょ。どうしてすぐに見せなかったのよ。ちょっとでも疑った証拠でしょ」

「ちがうよ」

昇平はわたしの剣幕に動じず、静かに言った。

「たしかに君の留守中に開封したけど、少し読んで悪質ないたずらだとわかったから、君には見せないほうがいいと思ったんだ。君は今、不安定な時期だし、智治《ともはる》のときだってマタニティ・ブルーでたいへんだったろう」

「知らないわよ。何のこと」

「とにかく、君が動揺して、お腹の赤ちゃんに影響が出たら困ると思ったんだよ」

それならなぜ今ごろ見せるのか。昇平は、わかってるというようにうなずいて続けた。

「会社でシュレッダーにかけようとしたんだけど、ちょっと待てよと思ったわけ。手紙がこれで終わればいいけど、何通も来たり、いやがらせがエスカレートしたら困るだろう。そうなれば警察に通報しないといけないし、証拠として保管しておいたほうがいいと思ったんだ。手紙の主がわかれば、対策も考えやすいしね。それで君に見せて、心当たりがないかなと思って」

「心当たりなんか、あるわけないじゃない」

わたしは怒りがおさまらないまま答えた。

「君が怒るのもわかるよ。ぼくだってムカついた。でも、注意して読むと、書き手の特徴というか、輪郭みたいなものが見えてくるんだ。たとえば、この書き手はパソコンをあまり使い慣れていない。『ございｍす』とか『ボーット』などのキーのミスタッチ、『本章』『鋏む』の変換ミス、『とゆう』『気ずかず』『思いどうり』などのまちがい。読点の打ち方も変だし、『幸せな生活でお暮らし下さい』みたいにおかしな文章もある。それに托卵の比喩もまちがってるし」

　昇平は手紙の最後のほうを指さした。『モズの托卵を受けたウグイスのように』の部分だ。わたしは托卵の意味がわからなかったので、口を尖らせたまま黙っていた。

「托卵というのは、別種の鳥の巣に卵を産んで、巣の主に自分の雛《ひな》を育てさせることだよ。有名なのはカッコウだ。モズじゃない。モズは托卵される側の鳥だよ」

「そうね。この書き手ったら、教養のあるふりをして、逆に無知をさらけだしているんだわ。バカよね」

　わたしは少し溜飲を下げた。昇平はわたしの気持が落ち着いたのを確かめると、ゆっくりと言った。

「ここに書いてある堕胎とか処女膜再生とかが、まったくのでたらめなのはわかってる。ただ、この手紙の書き手は、君が八王子の出身ということは知っているようだね」

　その言葉に、わたしはまた頭に血がのぼった。

「だから何よ。高校の友だちが犯人だと言うの」

「何もそんなことは言ってない」

「でも、八王子に関係あるとしたら、それしかないじゃない。みんなわたしの親友なのよ。昇ちゃんも知ってるでしょ！」

　思わず机を叩《たた》いた。わたしには今もつきあいのある高校の友だちが七人いる。そのメンバーを疑われたかと思うと悔しくて、涙がこみ上げてきた。わたしと昇平が出会ったのも、そのグループの朱美《あけみ》の結婚式だった。

「そんなに興奮しないで。手紙に振りまわされたら、相手の思うつぼだよ」

昇平はなだめるように言い、穏やかな声で続けた。

「八王子と書いてあっても、高校の知り合いとはかぎらないよ。最近知り合った人でも、君が八王子の出身だということを知っている人はたくさんいるだろう。相手は具体的なことを書いて、こっちを混乱させようとしてるんだ」

昇平はもう一度、文面に目を落として言った。「この手紙がでたらめだということを、はっきりさせるために言うんだけど、十月十七日に君を見たと書いてあるのも、おかしいんじゃないか」

「どうして」

「だって、そのころ君はつわりでたいへんだったろ。外出なんかできなかったんじゃないか」

そうだ。二カ月前はつわりの真っ最中だった。

「でも、確かめてみるわ」

わたしは壁のカレンダーをめくった。空白であれば家にいたということだ。ところが十月十七日の欄には、鉛筆で「渋谷バーゲン」と走り書きしてあった。そういえば、クリツィアのバーゲンがあって、珍しく体調がよかったので一人で出かけたのだ。

気まずく黙るわたしに、昇平が取りなすように言った。

「君、バーゲンに行ったの。じゃあ、この日はつわりが軽かったのかな」

「ごめん。言ってなかったっけ。でも隠す気はなかったのよ」

「わかってる。今だって君のほうから確かめると言ったんだし、隠すつもりならカレンダーには書かないだろう」

その通りだ。でも手紙の犯人はあの日、わたしを渋谷で見たのか。

「監視されてたのかしら。気味が悪い」

眉をひそめると、昇平はソファに座ったまま首を振った。

「この手紙、やっぱり見せなかったほうがよかったね。ごめん」

「見せてくれたほうがいいわよ。でも、いったいだれがこんな手紙を書いたのかしら」

わたしは急に不安になった。知らないところでわたしに悪意を持っている人がいるなんて。

「気にすることはないよ。こういう手紙を書く人間は、そもそも当人がまともでないんだ。ちょっと頭のおかしなヤツだよ」

たしかに昇平の言う通りかもしれない。わたしは気を取り直して台所に立った。手紙のことは忘れよう。せっかくの二人の夕食が台無しになる。ところが食べはじめると、味覚が変だった。鶏肉もサラダも味がしない。壁土を食べているみたいだ。

「どうしたの」

昇平が気遣って箸を止めた。

「何でもない」

わたしは平気を装って食事を続けた。

昼に来た毛髪ミネラル検査のレポートには、マグネシウムが不足すると、情緒不安定になると書いてあった。もしかすると、わたしのミネラルバランスは、検査に現れないところで狂っているのかもしれない。

3

翌朝、わたしは三十分ほど寝すごしてしまった。手紙のことが気になって、なかなか寝つけなかったのだ。急いで朝食を作り、昇平を送り出してから、トモくんに登園の準備をさせる。

幼稚園のスクールバスは、八時四十五分にローソンの前に来る。トモくんを急かして通りに出ると、バスはいつものところに停まっていた。

「あ、もう来てる。待ってー」

バスの横には、いつも同じ場所から乗る武田正樹《たけだまさき》くんのママがいた。わたしは彼女に手を振りながら、早足で歩いた。走りたいのは山々だが、万一こけたらいけないので、妊娠してからは走らないようにしている。正樹くんのママがこちらを見たので、精いっぱいの笑顔で頭を下げたら無視された。気のせいだろうか。わたしはトモくんの手を引いてバスに急いだ。

「おはようございます。すみません。遅くなって」

待っていた幼稚園の先生に声をかけ、トモくんをバスに乗せた。正樹くんは出発を待ちかねたように、自分の席で飛び跳ねている。

バスを見送ってから、わたしはちょっと緊張しつつ、正樹くんのママに謝った。

「ごめんね。ずいぶん待たせたのかな」

「ううん、たいしたことないよ。あたしもぎりぎりだったから」

正樹くんのママはいつもと変わらない明るさだった。やはりさっきの無視は気のせいだったのか。

「それより宇川さん、知ってる？　今、幼稚園で水疱瘡《みずぼうそう》がはやってるの」

「そうなの？」

「年少組で五人もお休みしてるのよ」

「へえ」

そんなニュースは知らなかった。ほかの病気なら心配だが、水疱瘡なら関係ない。トモくんはすでにかかっているのだから。

「今年のはなんだか強い菌なんですって。水ぶくれから出血したり、痕が残ることもあるらしいわ。まどかちゃんは三十九度も発熱したんですって」

「かわいそう。うちのトモくんは去年の夏にすませたから心配ないけど。でも、病気はいやよね」

正樹くんのママが顔を引きつらせたように見えたが、そのまま別れた。

表通りから路地にもどると、ジャージ姿の男性が、股間に両手を突っ込んで立っていた。三軒向こうの八田《はった》さんの息子だ。この人は高校まで優等生だったのに、受験に失敗して、浪人のまま引きこもりになったらしい。もう三十歳なのに、今も無職でぶらぶらしている。一人息子を溺愛《できあい》した母親のせいだともっぱらの噂《うわさ》だ。

わたしは目を合わさないように歩いていった。すると、突然、唸《うな》るような声が聞こえた。

「う、うぅ、許さん。ぜったいに、許さん!」

思わず悲鳴をあげそうになったが、必死にこらえて通りすぎた。逃げるように門に入り、鍵を掛ける。

家に入ってもまだ不安なので、久野《くの》さんに電話することにした。久野さんはわたしが先月から参加しているボランティアグループのメンバーで、親切なお姉さんという感じの人だ。このグループは四十代と五十代が中心なので、最年少のわたしはマスコット的な存在としてかわいがられている。

「久野さんですか。宇川です。おはようございます。朝のお忙しい時間にすみません」

「おはよう。寒いねー」

久野さんは愛想よく応じてくれる。

「近所に変な人がうろうろしてるんです。気味が悪いっていうか、なんだかわたしをつけ狙ってるみたいで」

八田さんの息子のことを少しだけ誇張して話した。

「警察には連絡した?」

「あ、いえ、そこまではいいと思うんですが」

わたしは首をのばして窓から通りを見た。だれもいない。

「もういないみたいです。でも、またいつ現れるかと思うと心配で」

「怖いよね。うちの近くにも変な人がいるのよ。神経質な母親と二人暮らしで、ずっと引きこもっている人」

似たような人がいると聞いて、少し気持が軽くなった。

「久野さんのところはお嬢ちゃんが二人だから、心配でしょう」

久野さんの娘は二人とも小学生で、私立の聖奈《せいな》学院に通っている。どちらも母親似で美少女系だ。

「ところで今度のボランティアの集まり、何か新しいお話があるんですか」

ボランティアグループは隔週の火曜日に定例会を開いている。定例会といっても、実際は仲間のお茶会に近い。会場も玉川三丁目のおしゃれな喫茶店「アガサ」と決まっている。

「来週は通学路の見守りの話が出ると思うよ。玉瀬《たませ》小のＰＴＡから依頼があったらしいから」

玉瀬小学校は地元の公立小学校だ。

「久野さんところは聖奈学院だから、関係ないんじゃないですか」

「そんなことないわよ。わたしも玉瀬小校区の住民だもん」

「ああ、なるほど」

久野さんはえらい。自分の娘が通っていない学校のことでも、積極的に協力する。それでこそ地域ボランティアだ。わたしも見習わなきゃ。

「宇川さんはお身体《からだ》、大丈夫？　そろそろ安定期よね」

「ええ、五カ月に入りましたから」

そっと自分のお腹に手をやる。まだそれほど目立たないが、下腹がぷっくり膨れている。撫《な》でながら目を細めていると、鳩時計がひとつ鳴った。

「あーっ、いけない。九時半ですよね。わたし、今日、十時から診察でした。もう行かなきゃ。久野さん、ごめんね、ありがとう。それじゃ」

慌てて電話を切り、寝室に駆け上がった。久野さんとの朝の電話はいつもこうだ。わたしは小さく舌を出して、猛スピードで着替えと化粧をした。

4

診察を受ける産婦人科は、自由《じゆう》が丘《おか》のルナクリニックというところだ。ドクターは創陵《そうりょう》大学の出身で、最新の検査機器を備えているし、創陵病院の産婦人科と太いパイプがあるから何かあっても安心だ。

駅のホームに上がると、いいタイミングで電車が入ってきた。優先席に座ると、太陽が背中を温めてくれる。前回の喜びがむくむくとよみがえった。

——女の子ですね。

ドクターがにっこりと微笑《ほほえ》んだ。まだ妊娠四カ月だったけれど、エコーの検査でわかったそうだ。ドクターはエコー検査の画像を見せながら説明してくれた。

――これが赤ちゃんのお尻です。両脚のあいだにコーヒー豆みたいな割れ目が見えるでしょう。これがあれば女の子です。

わたしは心の中でVサインを掲げた。やっぱり子どもは男の子と女の子の両方が欲しい。だからトモくんの次はぜったい女の子と決めていたのだ。

昇平にはすぐＬＩＮＥで報《しら》せた。それ以外にもあちこちに報告しまくった。みんな喜んでくれた。いや、みんなじゃない。中には面白くない人もいたようだ。たとえば、セントレア玉川に住んでいる杉田《すぎた》さん。近所でも有名な要注意人物だ。

杉田さんはトモくんが公園デビューしたとき、公園のボス的存在だった。何でも自分の思い通りにならないと気が済まないタイプで、以前、気に入らないママ友を完全無視して、公園に来られなくしたことがあったらしい。

杉田さんは二人の男の子の母親で、何が何でも次は女の子が欲しいと言っていた。男女の産み分けがうまいクリニックにかかり、セックスの仕方から夫の体質改善まで、あらゆる努力を積み重ねていた。そして去年、妊娠したが、三人目も男の子とわかってから、ぷっつりと公園に来なくなった。

それなのにどこからわたしの赤ちゃんのことを聞いたのか、わざわざお祝いの電話をかけてきた。たまたまわたしが留守のときで、昇平が電話を取った。

――ご主人さまですか。お聞きしましたわよ。奥さまの赤ちゃん、今度は女の子なんですってね。

早口にまくしたてたあと、一息おいてこう言ったそうだ。

――おむぇでとうごずぁいまぁす。

まるで地獄から響くようなおぞましい声だったそうだ。昇平は思わず受話器を耳から離したと言っていた。

――怖ーい。でも、想像つくわよ。

二人で笑ったけれど、あとで昇平が少しまじめな顔で言った。

――でも、少し気をつけたほうがいいかもしれないな。よかったねって言いながら、肚《はら》の中では別のことを考えてる人も多いから。

世の中、そんな悪い人ばかりだろうか。すぐには同意できなかったけれど黙っていた。

自由が丘の駅に着いたのは、十時五分前。クリニックまでは徒歩十分ほどだが、少しくらい遅れたってかまわない。

受付で診察券を出すと、ロビーには二人の妊婦が診察を待っていた。空いている椅子に座ると、二人の会話が耳に入った。

「……でね、その人が言うには、仕事がうまくいかなくて、ムシャクシャしてたんですって。火をつけたらスカッとするかと思って、やってみたらほんとうにスカッとしたんだって。それから病みつきになって……」

放火魔の話らしい。しゃべっているのは臨月に近い女性で、聞いているのは妊娠七カ月くらいの眼鏡をかけた女性だ。

「どうして火なんかつけるのかしら」

「家が炎に包まれるのを見ると、興奮するそうよ」

ふいにむかしの記憶がよみがえった。中学二年生のころ、近所で火事があったときのことだ。夜の十時ごろで、見に行ったときにはもう家は完全に炎に包まれていた。消防士がいくら水をかけても、火がぜんぜん消えないのが恐ろしかった。梁《はり》が崩れ落ちるとき、轟音《ごうおん》とともに火の粉が夜空に舞い上がった。

――放火らしいぞ。

ふと野次馬の中から声が聞こえた。わたしは怖くなって、急いで家に帰った。もし、自分の家に放火されたらどうしよう。家が燃えさかり、家族全員が焼け死ぬことまで想像して、何日かよく眠れなかった。

「その人、何軒くらい火をつけたの」

眼鏡の妊婦の声で、わたしは現実に引きもどされる。

「十軒までは覚えてるけど、あとははっきりしないんですって。放火魔が狙うのは、よく燃えそうな家らしいわよ」

うちは大丈夫だろうか。うちが狙われなくても、西どなりは古い木造だから、放火されたらすぐに燃え広がるだろう。防火壁をつけなくていいだろうか。

気づくと動悸《どうき》がして、お腹が突っ張りはじめていた。いけない。赤ちゃんに酸素がいかなくなっている。わたしは深呼吸をして、放火魔のことを頭から追い払った。

やがて順番が来て、診察室に呼ばれた。経過は順調のようだった。診察しながら、ドクターは「これからは、お腹の赤ちゃんに話しかけてあげて下さい」と言った。五カ月になると、赤ちゃんはわたしの声を聞いているのだそうだ。

診察を終えて支払いをするとき、出されたお釣りに一円玉が混ざっていた。わたしには禁忌のアルミニウムだ。

「それ、寄付します。ちょっとお財布がいっぱいなので」

とっさに理由をつけて、ほかの硬貨も受け取らず、逃げるようにクリニックを出た。

帰りの電車はすいていて、広いシートにひとりで座った。電車が右にカーブしたとき、ふいに放火魔のことを思い出した。近所をうろついていたらどうしよう。もし、ガソリンで火をつけられたら。

いけない。どうして悪いことばかり考えるのか。車両を替えようとして、連結部に立つとなんだか気持が落ち着いた。そのまま四つ駅をやり過ごした。

5

家に帰ってソファに横になると、身体が溶けるように眠くなった。昨夜の寝不足のせいだ。このまま眠りたい。でも、今日は金曜日だ。幼稚園バスが午後二時に帰ってくる。今朝の送りで待たせたのに、迎えまで遅れたら正樹くんのママに何て言われるかしれない。だから少し早めに行こう。午後二時、午後二時、でも眠い。

…………

頭がぼんやりする。舌の裏に何かがはさまっているような気がする。

はっと気づくと、家の前の道に立っていた。いつの間に出てきたのだろう。スマホで時間を見ると、午後一時五十分。迎えにはちょうどいい時間だ。半分、寝ぼけたまま家を出たのだろう。

角を曲がると、ローソンの前で、幼稚園バスが燃えていた。

たいへん！　どうしてこんなことに。窓ガラスが割れ、炎が噴き出す。幼稚園の先生が子どもを連れて逃げてくる。水をかける人もいるが、火は少しも消えない。

正樹くんのママがものすごく怒った顔でわたしに言った。

――あなたが遅いから、放火魔が火をつけたのよ。

正樹くんがママに手を引かれて泣いている。トモくんは？　まだバスの中だ。だれか助けて！

バス全体が炎に包まれ、火の粉を舞い上げて崩れ落ちる。

…………

「きゃあーっ」

弾かれたようにソファから起きた。自分の悲鳴が耳にこだましている。

夢か。壁の時計を見ると、まだ十二時十五分。ほんの十分ほど眠っただけだ。うたた寝をするから変な夢を見るのだ。アラームをセットして、きちんと寝よう。そう思って寝室に行ったが、ベッドに入ると眠気は去り、結局、またリビングに下りてきた。

早めにローソンの前に行くと、正樹くんのママが先に来ていた。会釈しかけたら、目を逸らされた。なぜだろう。そのとき、ふと思った。もしかして、あの手紙はこの人が書いたのだろうか。

スクールバスは時間通りにやってきた。トモくんは無事だ。よかった。

「今日ね、ボクね、お弁当食べるの一番だったんだよ」

「そう。えらいわねぇ」

トモくんの笑顔がわたしの宝物だ。そこにもう一人加わる。しかも娘だ。この幸せはどんなことがあっても守らなければ。

6

午後十時半。昇平が帰ってきた。

「ただいま。今日の診察、どうだった」

「大丈夫よ。ありがとう」

昇平が定期健診の日を忘れずにいてくれたことがうれしい。わたしは食卓に料理を運んで、昇平の前に座った。

「ねえ、聞いて。今朝、トモくんを幼稚園のバスに送っていったら、八田さんの息子さんが道に立ってたのよ。知ってるでしょ、引きこもりの息子」

昇平は自然食のおかずに物足りなそうな顔をしたが、それでもおいしそうに食べはじめた。わたしは食欲がないので、牛乳とカシューナッツだけだ。

「気味が悪いから、ボランティア仲間の久野さんに電話したの。前に話したでしょ、瀬田《せた》の高級住宅地に住んでる人。彼女の家の近所にも引きこもりの変な人がいるんだって。どこにでもいるのね、変な人」

「八田さんとこの息子はいくつだっけ」

「もう三十よ。ぼーっとして、あれじゃ仕事も見つからないわ。お母さんが過保護すぎるのよ。久野さんも言ってたけど、なまじお金があるのがいけないのね。お母さんがパートにでも出て、苦労する姿を見せれば、あんな息子にはならないわよ」

「かもな」

昇平は苦笑しながらため息をついた。それから少し改まった調子で言った。

「あのさ、俺、ちょっと考えたんだけど」

「何？」

「昨日の手紙。変なヤツが書いたに決まってるけど、だれかが書いたのも事実だろう」

「だから？」

「うちは外から見ると、けっこう幸せな家庭に見えるんじゃないかと思って。若くして庭つきの家を買ったり、子どもが有名幼稚園に通ってたり、君は二人目の子を妊娠してるし。そういうのを見て、やっかむ人もいると思うんだよ」

「いるでしょうね」

「知らないうちに嫉妬《しっと》されているかもしれないから、気をつけたほうがいいんじゃないか」

「気をつけるって?」

「だから、あんまり目立たないようにするとか」

別にわたしは目立つことをしているつもりはない。反論しようかと思ったが、気をつけたほうがいいのはその通りだろう。

「わかった」

素直にうなずくと、昇平がつけ足すように言った。

「さっきの八田さんのことなんかもさ、陰でいろいろ言わないほうがいいよ。馬鹿にしてると思われてもつまらないだろ」

「え……」

わたしは思わず身を引いた。

――陰で他人の悪口ばかり言う女だから仕方ありませんわね。

昨日の手紙に、たしかそんな言葉があった。わたしは陰口女なのか。目の奥に錐《きり》を突き立てられたような痛みが走った。

まさか、あの手紙は八田さんが書いたのか。

安定剤が欲しい。ハルシオン、デパス、ウインタミン。昇平には言っていないけど、結婚前にはいろいろ薬をのんでいた。薬をのめば気持が落ち着く。でも、今はのめない。赤ちゃんに影響が出たら取り返しがつかない。だけど今日眠れなければ二日続けて寝不足になる。睡眠不足は赤ちゃんのためによくない。どうすればいいのか。

今まで健康な妊婦であろうとしてきたけれど、もう限界なのかもしれない。胸が痛いほど動悸がする。今夜もまた眠れないのか。

7

それから四日たった。

火曜日、わたしはピエトロ・ブルネリのマタニティ・ウェアを着て、三丁目のアガサに行った。ボランティアの定例会は十時半からだが、わたしは二十分前に着いて、だれもいない奥のソファに座った。

金曜日はちょっと落ち込んだけれど、すぐ眠れるようになった。あんな手紙なんかに負けてはいられない。わたしを立ち直らせてくれたのは、先月クリニックでもらったエコー検査の写真だ。

——あなたのコーヒー豆サインを見て、ママは頑張ったのよ。

そう言える日を想像すると、力が湧いてきた。でも、これって女の子の大事なところを写した写真じゃないの？

「あら、宇川さん、早いのね」

グループの副リーダー格の滝本《たきもと》さんが入ってきた。四十代半ばで、いつも髪をきれいにセットしている。さすがは弁護士の奥さんだ。

「お身体の調子はいかが」

「はい。おかげさまで」

軽く一礼すると、滝本さんはにっこり笑って正面横の指定席に座った。

次に会長の森《もり》さんがやってきた。会長といっても持ちまわりで、世話役みたいなものだ。やがてほかのメンバーもやってきて、ソファが埋まっていった。この前、電話した久野さんは、わたしを見つけると笑顔で横に座ってくれた。

「宇川さん、あれからどう。変な人はもううろついていない？」

「変な人って」

滝本さんが聞きとがめて久野さんに訊ねた。

「宇川さんのご近所に、引きこもりみたいな男の人がいるらしいんです。ときどき道に立って怒鳴ったりするのよね」

「ええ、まあ……」

わたしは昇平に釘を刺されているので、曖昧《あいまい》にうつむいた。

みんなが引きこもりや過保護の話をしていると、リーダーの葦原《あしはら》さんがやってきた。製薬会社の社長夫人で、でっぷり太った貫禄十分のおばさまだ。

「みなさん、お揃《そろ》いね」

葦原さんはディオールの老眼鏡であたりを見まわし、正面の席に座った。

「何のお話をしてらしたの。大人の引きこもり？　困りますわね。引きこもってるうちはいいけれど、出てきて事件でも起こされたらね。今日のお話もそれと関係あるんじゃない」

葦原さんが男みたいにしゃがれた声で、森さんを促した。

「じゃあ、定例会に入らせていただきます。新しい活動として、玉瀬小学校のＰＴＡから、通学路の見守りに協力してもらえないかという依頼が来ています。これまで保護者で手分けしてやってらしたようですが、人数が足りないということで」

森さんが説明しながら、用意してきたコピーを配った。通学路を示した地図と、登下校の時間帯、保護者の参加状況などが書いてある。

「いいんじゃない」

「協力できそうね」

何人かが小声で言いかけたとき、葦原さんがひとつ咳払《せきばら》いをした。

「でもね、ちょっと問題があるのよ。ねえ、森さん」

森さんが困った顔で足元の紙袋から、派手なウィンドブレーカーを取り出した。黄色の蛍光色で、見るからに薄っぺらい安物だ。背中に「玉瀬小見守り隊」と、センスのないロゴが入っている。

「学校側はこのウィンドブレーカーを着用してほしいと言ってるんです」

「えー」

「これはちょっとねぇ」

メンバーからあきれるような声があがった。葦原さんが補足した。

「こんなの着る必要ありますかって言ったら、目立つ服で統一して、見守り活動をアピールしたいんですって」

「そう言われてもね」

「そもそも保護者の参加が少ないのが問題でしょう。自分たちの子どもの安全なのに」

否定的な意見が続いたあと、葦原さんが久野さんに振った。

「小学生のお子さんがいらっしゃる久野さんは、どうお考え」

「わたしもこのウィンドブレーカーはちょっと引きますが、表を見たら、特定の保護者が何回も立ってますよね。やっぱり子どもを守れるのは親だという気持の人もいるんだと思います。そういう人たちの負担を減らすためなら、協力する意味もあるかなと」

久野さんの意見に、その場の空気が変化した。わたしも黙っていられなくなって、勢いよく手をあげた。

「はいっ。わたしもそう思います」

「あらら、元気がいいこと。どうぞ、宇川さんもご意見をおっしゃって」

「すみません。新参者がでしゃばって。でも、わたしは久野さんの意見に賛成なんです。うちの子はまだ幼稚園だけど、わたしたちは玉瀬小の校区に住んでるんだし、地域の安全はやっぱり住民の手で守らなくちゃと思うんです」

張り切りすぎて、ついわたしは久野さんの話を自分の意見みたいに言ってしまった。まずかっただろうか。密かに久野さんのようすをうかがったが、表情は読み取れない。

葦原さんがわたしに言った。

「じゃあ、あなたはこのウィンドブレーカーでいいの」

「あ、いえ、それは……」

そこまで考えずに発言したので困ったが、とっさの思いつきでカバーした。

「アピールするのなら、腕章でもいいんじゃないですか。ウィンドブレーカーと同じ色で作れば十分目立ちますよ」

「そうねぇ。腕章ならまだましかも。行き帰りもバッグにしまえるし。みなさんはどうかしら」

葦原さんが肯定的に言ったので、ほかのメンバーも賛成に傾いたようだ。

「じゃあ、学校側に提案して、ウィンドブレーカーでも腕章でも両方使えるようにしてもらいましょう。どうせ夏にはウィンドブレーカーなんか着られないんだし。森さん、学校への連絡、お願いできますか」

「わかりました」

「いいアイデアが出たわね。やっぱり若い人は頭が柔軟だわ」

葦原さんがほめてくれたので、わたしは照れながら肩をすくめた。

会は十二時前にお開きになり、葦原さんを先頭に、みんな出口に向かった。わたしは葦原さんにほめられて気分がよかった。帰りに髙島屋《たかしまや》の地下で奮発して菊乃井《きくのい》のお弁当を買って帰った。

8

次の金曜日は、幼稚園のクリスマス会だった。

トモくんの年少組は歌と合奏。「きよしこの夜」「きらきら星」などを上手に歌う。トモくんはトライアングルで、タイミングをはずさないように緊張しているのがおかしかった。

クリスマス会のあと、保護者会があった。わたしは副幹事なので、ほかの幹事さんたちといっしょに雛壇に座る。園長先生の挨拶《あいさつ》のあと、今、幼稚園で流行《はや》っている水疱瘡の話題になった。まず園長先生から状況の説明があった。

「水疱瘡は毎年流行しますが、今年は特にウイルスの感染力が強いようです。現在のところ、患児は年少組で五名、年中組三名、年長組も三名となっています。入院された方はいませんが、ウイルスの毒素は強いのではないかといわれています」

「それは痕が残るということですか」

母親の一人が質問した。

「そうですね。水ぶくれをつぶしたり、ばい菌が入って化膿《かのう》した場合は痕が残りやすいようです」

会場に不穏な空気が漂う。女の子の母親は特に深刻だろう。

「水疱瘡の予防接種があると聞きましたが、どうなんでしょう。受けたほうがいいんでしょうか」

「それにつきましては、園医の鬼頭《きとう》先生に問い合わせています」

園長先生は用意したメモを見ながら説明した。

「水疱瘡の予防接種は生ワクチンで、一回接種するだけで有効です。ただし、ワクチンをしても、水疱瘡にかかる危険性は十五パーセント程度あるそうです。でも、ワクチンをしていない場合より軽くすむので、まったく意味がないわけではありません。自然感染で水疱瘡になると一生免疫が得られますが、ワクチンによる免疫はだいたい二十年くらいで切れるそうです」

顎《あご》の尖った、神経質そうな母親が手をあげた。

「予防接種の副作用はないんでしょうか」

「鬼頭先生は心配ないとおっしゃっていましたが……」

「でも、ネットで調べたら、予防接種の副作用で死亡する子どもは、毎年百三十人を超えているらしいですよ」

保護者席がいっせいにざわめいた。なぜそんな人騒がせなことを言うのだろう。

「あの、生ワクチンって、シロップみたいなんじゃないんですか」

フリルのついたブラウスを着た母親が、甘ったれた声で質問をした。園長が「ワクチンは注射です」と答えると、その母親は両手をもみしだくように言った。

「注射は子どもにかわいそうじゃないですかぁ。飲む薬みたいなのないんですか」

「そんなことより、副作用のほうが重大でしょう。今、予防接種に疑問を感じる人たちの育児サイトが、ネットでも高い関心を集めてるんですよ」

顎の尖った母親が憤然と言った。

「副作用も心配ですが、水疱瘡のワクチンには、もうひとつ問題があると思います」

縁なし眼鏡をかけたいかにもインテリ風の母親が発言した。「水疱瘡は子どもなら軽症ですむ場合が多いけれど、大人は重症になりやすいと聞いています。園長先生のご説明では、ワクチンの免疫は二十年くらいで切れるとのことですね。ということは、今、予防接種すると、二十代半ばで免疫がなくなるわけです。その年齢で水疱瘡になると、わざわざ重症になる危険を冒すことになるんじゃないですか」

また保護者席がざわめいた。武田正樹くんのママが縁なし眼鏡の母親に質問した。

「大人は重症になるって、どんなふうになるんですか」

「高熱が出て、ときに脳炎や髄膜炎で死亡することもあるらしいです」

「じゃあ、免疫が切れかけるときに、もう一度ワクチンを打てばいいんじゃないのかしら」

「でも、それも面倒よね」

「それにそんなこと、二十年先まで覚えてるかしら」

私語とも雑談ともつかない声が交わされる中で、シャネルのスーツを着た母親が、エメラルドの指輪を見せつけるように手を口元に当てて言った。

「子どものうちに水疱瘡をやっておけば、一生かからないんでしょう。じゃあ、ワクチンなんかしないで、今、かかってる子に伝染《うつ》してもらったらいいんじゃないの」

今年の水疱瘡は症状が重いから、予防接種の話をしているのに、何を考えているのか。

「予防接種にはショックの副作用もあるんですよ。ネットに出てました」

「男の子でも顔に痕が残るとかわいそうよね」

「宅の主人は目の上に水疱瘡の痕が三つありますのよ」

幹事席でも雑談のような意見が出て、いっこうに話がまとまらない。わたしは次第に苛立《いらだ》ってきた。園長先生を見ると、曖昧な笑みを浮かべて成り行きを見守っている。わたしはうんざりして、つい大きな声を出した。

「ちょっと聞いていただけますか」

一瞬、保護者席が静まり返った。しまったと思ったがもう遅い。ボランティアグループのときのように当たって砕けるしかない。

「みなさんのご心配はわかりますけど、ワクチンを受けるか受けないかは、保護者の自己責任じゃないですか。ワクチンを受ければ、感染の心配は減るけれど、副作用の心配がある。ワクチンを受けなければ、副作用の心配はないけれど、水疱瘡になる危険がある。どちらかですよ。水疱瘡になるのもいや、副作用もいやでは、話が進まないでしょう」

緊張した空気が流れた。ちょっときつく言いすぎただろうか。でも、考え方としてはまちがっていないはずだ。

年長組の幹事の岡田《おかだ》さんが、硬い表情でわたしに言った。

「宇川さんのご意見はもっともです。でも、お母さん方が神経質になるのも無理ありませんわよね。ワクチンをするかしないかは保護者の自己責任だとおっしゃいますが、宇川さんご自身はどうなさるおつもりですか」

「わたしですか」

岡田さんと正樹くんのママが、一瞬、視線を交わしたような気がした。何だろう。わたしはかまわずに言った。

「うちのトモくんは去年、水疱瘡をすませてますから」

言い終わるか終わらないかのうちに、保護者席の空気が凍った。顎の尖った母親も、フリルのブラウスも、縁なし眼鏡も、シャネルのスーツの母親さえも、あきれたように唇を引き、冷たい無表情でわたしを見ている。

岡田さんが幹事席に並んだわたしをのぞき込むようにして言った。

「それなら、ま、宇川さんのところは、けっこうでしょうけど」

ふと手紙の文句が思い浮かんだ。

――真実子は自分さえ良ければ良いと思っているエゴイストです。

そんなつもりはない。トモくんが水疱瘡をしていなくても、同じように言ったはずだ。なのにみんなが悪意の目でわたしを見ている。この女はどうしようもないという顔で。もしかして、あの手紙の主はこの中にいるのか。

そのあと保護者会で何が話されたか、まるで耳に入らなかった。

9

幼稚園から帰ると、居ても立ってもいられずあの手紙をさがした。

昇平に見せられたときは、腹が立って斜め読みにしたが、毒針のような言葉が心に突き刺さっている。断片的だからよけいに気になるのだ。どんなことが書いてあるのか、徹底的に調べてやる。

手紙はどこにあるだろう。昇平はどこかに隠しているにちがいない。わたしは昇平が使っている三階の部屋に上がった。引き出しや机をさがしているうちに、本棚の上のブリーフケースが目に入った。手が届かない段ボール箱の上に置いてある。椅子を持ってきて下ろすと、案の定、手紙が入っていた。

憎らしい手紙。わたしは指を震わせながら読みはじめた。

まず「淫乱女」という言葉が目に入った。怒りで顔が紅潮する。でも、すぐに文字のまちがいに気づく。「本章」「とゆうこと」「気ずかずに」、やっぱりバカだ。あることないこと書いて、カミソリに十円玉を挟むとか、暴走族との乱交パーティとか、お前がやってたんだろ。わたしには想像もつかない。この手紙の犯人は、下品で下劣で、いくら軽蔑してもし足りない人間のクズだ。

すると、文面のある部分が目についた。

――人の悪口ばかり言って……いつも人を見下しています。

手紙はすべてでたらめだが、ところどころ引っかかる。わたしはもう一度手紙を読み直した。気になる部分から目を逸らさないようにして。

――あの女は自分で気ずかずに嘘を言いますから。

――本当は計算高い女です。

――思いどうりにならないとすぐヒステリーを起こす……。

手のひらにじっとりと汗がにじんできた。頭を殴られたような気分だ。なぜこんな気に障ることばかり書いてあるのか。

バカ野郎。ふざけるな。見当はずれもいいところだ。やっぱりこの手紙の犯人はアホだ。妄想に取り憑《つ》かれた異常者だ。

わたしは手紙を封筒に入れ、もとの場所にもどした。胸の奥に何とも言えないどす黒い塊を呑み込んだような気分になった。

10

幼稚園は冬休みに入り、トモくんはずっと家にいるようになった。

昇平は三十日から年末休みで、家の大掃除をしてくれた。わたしは身重なので、おせち料理は瓢亭《ひょうてい》の和二段ですませることにした。

年が明けて、元日は新居でのはじめての正月を祝い、二日は大井町《おおいまち》の宇川の両親宅へ行った。午後三時ごろに着くと、昇平の姉杏子が娘の沙由美《さゆみ》を連れて来ていた。

「明けましておめでとうございます」

八畳の座敷に通され、みんなに新年の挨拶をした。大型のエアコンから熱気が噴き出し、部屋は暑いくらいだった。

「智ちゃん、大きくなったわねぇ。どれ、大ママが抱っこしてあげよ」

姑《しゅうとめ》の雅代《まさよ》は、孫に自分を「大ママ」と呼ばせている。化粧の濃い頰を擦《こす》りつけられ、トモくんは困り顔だ。

「沙由美ちゃんにご挨拶したの」

うまくトモくんを取り返し、義姉《あね》の杏子に頭を下げる。笑顔で応じてくれるが、なんとなくよそよそしい。

舅《しゅうと》の義邦《よしくに》への挨拶があとまわしになったが、この人は温厚だからやりやすい。というか、宇川家では女が主導権を握っているので、舅は影が薄いのだ。

座敷の机に三段の重箱がにぎにぎしく据えられていた。蓋を取ると立派なおせち料理が詰まっている。すべて姑の手作りだ。

「すごいなあ、お母さん。もう歳なんだから、わたしに何でも言ってよね。親子なんだから」

杏子が大げさな身振りで言う。何だろう、このどことなく棘《とげ》のある言葉。わたしだって姑には気を遣っているつもりだ。今は身重だから大したことはできないが、いつも精いっぱいの笑顔を見せている。

お屠蘇《とそ》で祝って、子どもたちはお年玉をもらい、わたしたちもおせち料理に箸を伸ばした。

「沙由美ちゃんは今年、年長さんだねぇ。お勉強、頑張ってるの」

姑が笑顔の裏にプレッシャーをにじませて聞く。沙由美は私立小学校を受験させられるのだ。

「家庭教師を二人もつけてるのよ。教育費もバカにならないわ。でも東恭大付属《とうきょうだい》を受ける子はみんなそうだから」

「すごいですね。でも、沙由美ちゃんならぜったい合格よ」

「ま、やるだけのことはしてるからね」

杏子がまんざらでもない顔をわたしに向け、すっと調子を変えて言った。

「でも、万一うちがだめだったら、智治ちゃんには東恭大付属は受けさせないでね」

背筋に冷たいものが走る。トモくんがちぬが丘幼稚舎に受かったことに、まだこだわっているのだ。

おせち料理は豪勢だったけれど、わたしが食べられるものは少なかった。ほとんどの料理がアルミホイルで仕切られているからだ。わたしはお重に直接入れてあるかまぼこばかり食べていた。

「真実子さん、もっといろいろ召し上がってよ。今年は黒豆が上手に炊けたんだから」

目立たないようにしていたつもりだが、やはり姑の目はごまかせない。仕方がない。はっきり言おう。

「お義母《かあ》さん。わたし、毛髪ミネラル検査というのを受けて、アルミニウムの値が高いって出たんです。だからアルミホイルはちょっと」

「何それ」

目を丸くする姑に、わたしはミネラルバランスのことを説明した。

「アルミニウムって身体によくないの？」

「そうですよ。アルミニウムが多いと手足がけいれんしたり、胃腸障害が出るんですよ。お年寄りはアルツハイマー病にもなる危険性があるんですって」

「ま、アルツハイマー病だって」

姑が不愉快そうに杏子を見る。ちょっとしたことで、すぐ機嫌を悪くするからやりにくい。昇平が海老の鬼殻焼《おにがらや》きを剝《む》きながら言った。

「こいつ、家にあった缶ビールを全部捨てちゃったんだ」

「それって昇ちゃんが稼いだお給料で買ったものでしょ。もったいない」

杏子があてつけがましく言う。

「でも、お義姉《ねえ》さん。アルミ缶はほんとうに危険なんですよ。あのプルタブだって切り口からアルミニウムがどんどん吸収されるんですから」

必死で弁解するが、白けた空気は変わらない。昇平も味方になってくれない。わたしは最後の望みを託すように、舅に言った。

「お義父《とう》さんはこの前、血糖値が高いっておっしゃってましたよね。糖尿病にはマンガンがいいんですよ。マンガンが多く含まれる食品は、玄米、豆腐、たけのこ、豆類などですから、黒豆なんかいいじゃないですか」

「うん……」

舅が何か言いかけるのを遮って、姑が突っけんどんに言った。

「この人の糖尿は、病気というほどじゃありませんよ。血糖値が少し高いだけです。それにお薬ものんでるし」

「お父さんもお母さんも心配しないで。何かあってもわたしがちゃんと面倒を見るから。嫁に行っても、わたしは宇川の娘なんだから」

まただ。これじゃまるでわたしが二人の老後を見ないかのような言い方じゃないか。昇平も昇平だ。姉に言われっぱなしで、わたしの気持は少しも考えてくれない。それでも夫か。思わずキレて叫びそうになり、はっと胸を衝かれた。

——思いどうりにならないとすぐヒステリーを起こす……。

背中を氷の鞭《むち》で打たれたような気がした。

「ママ、のど渇いた。お水がほしい」

トモくんが無邪気にねだった。

「じゃあ、大ママが汲《く》んできてあげようね」

猫なで声の姑を制して、わたしが立った。沙由美の水も汲んでもどりかけたとき、台所のテーブルにノート型のパソコンが置かれているのが目に入った。まだ新しい。おかしい。姑は電子機器が苦手のはずなのに。

座敷にもどってから、わたしはさりげなく聞いた。

「お義母さん、パソコンをはじめたんですか」

「えっ」

姑の顔色が変わった。「ああ、あれ。いえね、わたしもインターネットとかやってみようかと思って」

声が不自然だ。わたしはさらに聞いた。

「すごいですね。でも、マニュアルとかむずかしくないですか」

「ええ、でも、ほら、杏子がときどき見てくれるから」

「あら、真実子さん、沙由美の分までお水持ってきてくれたの。ありがとう。気が利くじゃない。ほほほ」

杏子が話を逸らした。しかも、お世辞みたいなことまで言って。

わたしの胸に疑念がよぎった。手紙の犯人は、たしかパソコンを使い慣れていなかった。まさか、姑が。あるいは杏子と共謀して?

その日は八時過ぎに大井町を出たが、家に帰ってもわたしの気持は晴れなかった。昇平に相談してみようかと思ったが、できなかった。さすがに自分の母親を疑われたら怒るだろう。結局、モヤモヤした疑念だけが残った。

11

それから五日後の土曜日、八王子で高校の友だちの新年会があった。

いつも集まる八人のグループだ。わたしは昼過ぎに実家に帰り、トモくんを預けてから参加した。メンバーはわたしのほかに、カヨちゃん、マチャミ、リコ、洋子《ようこ》はん、ユーカにレーカ、それに朱美。会場は京王ショッピングセンター十一階の「紅龍楼」だ。

わたしは例の手紙のことをみんなに相談しようと思っていた。親友に話せば憂さも晴れるだろう。ところが、話が思わぬ方向に進んでしまった。わたしが「十一月の湯村《ゆむら》温泉はどうだった」と聞いたのがきっかけだった。

その旅行は去年の夏にみんなが集まったときに計画したもので、女だけで行く一泊旅行ということで盛り上がったものだった。わたしも参加を表明したが、あとでやっぱり行くのをやめた。昇平に悪いし、トモくんもかわいそうだと思ったからだ。

一人ぐらい減ってもいいだろうと思っていたら、わたしがキャンセルしたあと、ユーカとレーカもキャンセルし、洋子はんははじめから行かないと言っていたので、結局計画そのものが流れたらしい。わたしは知らなかったが、幹事役のマチャミは料理のおいしい宿を予約していたので、お冠《かんむり》だったようだ。

「いったん行くと言ったら、やっぱり行かなきゃねぇ」

マチャミがわたし以外のみんなを見まわして言った。

「ごめんね。わたしも行きたかったんだけど、どうしても主人と子どもを置いていくのが忍びなくて」

「そんなのはじめからわかってることじゃん。急に体調を崩したとかならわかるけど。あのときも、真実子が安定期に入るのを待って十一月にしたんだからね」

「え、そうだっけ」

ちがう。あのときはみんなの都合で十一月に決まったはずだ。そんな言われ方をしてわたしはショックを受けた。たしかにキャンセルしたのは悪かった。でもわたしのあとにやめたユーカとレーカは悪くないのか。

マチャミはむかしからわたしに冷たいところがあった。彼女はリーダーシップはあるけれど、容姿に恵まれない。そういえば高校のとき、「真実子はいいな、美人で」と言っていたことがある。マチャミは今も独身で彼氏もいない。だからと言って、恵まれた家庭を持つわたしに辛《つら》く当たるのは、ただの嫉妬じゃないか。

——人の悪口ばかり言って……いつも人を見下しています。

えっと自分に戸惑う。悪口を言うつもりはない。でも、実はマチャミを見下しているのか。まさか、マチャミがあの手紙を？　もしそうだとしたら、ここで手紙のことなど話せない。わたしは用心深くみんなのようすを見た。

料理は中華バイキングで、それぞれが皿に料理を取りに行く。

「ここの羽根つき餃子《ギョウザ》、おいしいよー」

「ワタリガニのピリ辛炒めも絶品よ」

みんな楽しげに料理の列に並んでいる。わたしはレーカといっしょに前菜の料理台に並んでいた。

(下品で無教養な女……)

背後からささやく声が聞こえた。びっくりして振り向いたが、だれもいない。空耳だったのか。いや、たしかに聞こえた。

テーブルにもどると、みんな料理を皿に山盛りにして食べている。

「カヨちゃんは二皿同時？　よく食べるなー」

「ユーカ、もう紹興酒《しょうこうしゅ》のお代わり？　酔いつぶれても知らんぞ」

右どなりの朱美が言った。

「真実子、二人目は女の子なんだって。いいわねぇ」

朱美の声が回転数の落ちたレコードのように歪《ゆが》んで聞こえた。彼女は結婚して六年たつのに、まだ子どもがいない。二人目を妊娠しているわたしを羨んでいるのかもしれない。

リコも変な目でわたしを見ている。リコの夫は去年リストラにあって、今はハローワーク通いらしい。一級建築士の夫など、リコからすれば超エリートだろう。カヨちゃんの家もたいへんだ。彼女は二年前に離婚して、息子をひとりで育てている。別れた夫が養育費をきちんと入れてくれないから、子どもに手袋も買ってやれないと言っていた。レーカは舅が脳梗塞で寝たきりだから、その介護でたいへんらしい。洋子はんとユーカだって、狭いマンション暮らしで共稼ぎだ。専業主婦で一戸建てでゆったり暮らすわたしを羨ましいといつか言っていた。

みんなわたしに嫉妬しているのか。鼓膜に膜が張ったみたいで、みんなの話が聞こえない。息も苦しい。銅が不足すると貧血になりやすいと、ミネラルバランスの説明書に書いてあった。銅を補給しなければ。何か銅鍋に入った料理はないか。

ふらふら立ち上がって料理台の前に行くと、酢豚が銅の保温皿に入っていた。近寄ると、うしろで薄く笑う声が聞こえた。

(アンタは、罰を受けてるんだよ……)

うしろにはだれもいない。何の罰? 幸せの代償? ふと見ると、酢豚の保温皿がアルミニウムに変わっている。吐き気が突き上げた。皿とわたしの両手が、アルミホイルでぐるぐる巻きになっている。

「きゃあっ!」

悲鳴をあげて皿を投げ出した。

「どうしました」

店のウェイターが駆け寄り、皿を拾ってくれた。

「大丈夫ですか」

「すみません。手が、滑って」

両手のアルミホイルは消えていた。涙が噴き出す。テーブルでだれかが笑っている。はっと振り返ると、全員知らん顔にもどる。そういえば、はじめからみんなの態度はおかしかった。わたしが何か言っても「あ、そう」とか「ふーん」としか言わない。陰でひどい中傷《ちゅうしょう》をしておきながら、素知らぬ顔の人がまじっているのか。恐ろしい。

一次会は九時過ぎにお開きになった。みんなは二次会に行ったが、わたしは帰ることにした。

「今日はなんだか疲れたみたい。調子悪いから帰るね」

「大事な身体だもんね」

朱美が優しく言ってくれた。うれしくて涙があふれそうになった。でも、涙は見せられない。表の顔と裏の顔。わたしは朱美に背を向け、逃げるようにその場を離れた。

12

翌朝、わたしはトモくんを連れて実家から二子玉川の家に帰った。十時前に着くと、昇平はもう出勤したあとだった。日曜日は住宅展示場をまわったり、施主の家へ行ったりするので、平日以上に忙しい。

わたしは着替えもせずに三階の昇平の部屋に入った。もう一度、あの手紙を読んで、犯人の手がかりをつかむのだ。専門のパソコンショップで聞けば、印字からプリンターのメーカーがわかるのではないか。消印ははっきり見なかったが、郵便局や投函《とうかん》の時間から、犯人の行動範囲がわかるかもしれない。

椅子を持ち出して、本棚の上からブリーフケースを取り出したが、手紙はなかった。昇平が場所を移したのだ。なぜ。ぜんぜんわからない。

彼はわたしがこの前、手紙を見たことに気づいたのだ。わたしがブリーフケースを触るとわかるように、目印をつけていたにちがいない。あの人ならそれくらいの仕掛けはするだろう。

しかし、どうして。そうか、二通目の手紙が来たのだ。わたしが手紙を見たことに気づいて、いっしょには隠せないと思ったにちがいない。今度はどんな手紙なのか。

その日、わたしは一日中放心状態で過ごした。トモくんの食事は昼も夜もカップラーメンにし、アニメのビデオをかけっ放しにしていた。

午後十一時、昇平が帰ってきた。

「手紙はどこ」

わたしは玄関に立ちはだかって訊ねた。昇平の顔が強ばる。

「疲れてるんだから、着替えくらいさせろよ」

そのまま二階の寝室までついて上がる。昇平がスーツを脱ぎ、ネクタイをはずす間、わたしは幽霊のように横に立っていた。

「朝から何も食べてないの。水も飲んでない。手紙はどこにやったの」

「会社に持っていったよ」

「嘘。ぜったい家にある」

「嘘じゃないよ。あんな手紙、見ないほうがいいと思ったから、会社に持っていったんだ」

「会社の人に見られたらどうするのよ」

「鍵のかかる引き出しだから大丈夫さ。それに、あんなものだれも見ないよ」

わたしは昇平を斜めに見上げた。嘘をついてもだめ。わたしはあなたのすることは何でもわかるの。

昇平は階段を下りて行った。わたしはそのあとをぴったりと追う。

「八王子で何かあったのか」

「何もあるはずないじゃない。あのグループはみんな親友よ」

自分の声じゃないみたいだ。顔から血の気が引き、能面みたいになっているのがわかる。

「ねぇ、二通目が来たんでしょ」

昇平の顔色が変わる。かすかに眉間に皺《しわ》を寄せて言う。

「二通目なんか来ないよ。来たら見せるよ」

「でも、一通目もすぐ見せてくれなかったし」

「あれは、君が傷つくと思って」

昇平はキッチンに行き、冷蔵庫を開けた。

「今日は晩飯、家で食おうと思ってたんだけど、何もなさそうだな。ハムエッグでも作るけど、君も食べる?」

「ありがとう。ごめんね、夕食の準備できてなくて」

しおらしいところを見せれば、向こうも折れるかもしれない。そう思ったとたん、昇平の目線がすっと逃げた。

——本当は計算高い女です。

もしかして、あの手紙は昇平が書いたのではないか。お腹の子が女の子だとわかってから、昇平はわたしが浮かれすぎだと言っていた。それで、わたしを懲らしめるためにわざとあんな手紙を書いたのではないか。

そうなら思い当たる節はある。バーゲンに出かけた日も、あらかじめカレンダーを見て知っていたのかもしれない。パソコンを使い慣れていないとか、托卵の比喩がまちがってるとかも、自作自演なら気づいて当然だ。

昇平はまだ冷蔵庫をごそごそしている。

手紙を会社へ持って行ったのも、自分が書いたことがばれるとまずいと思ったからではないのか。

「わたし、疲れた。もう寝る」

舌が雑巾みたいだった。思わず流しに駆け寄り、蛇口に直接口をつけて水を飲んだ。昇平が呆《あっ》気《け》に取られて見ている。

13

翌日、昇平はふだんと変わらず、出勤していった。

帰宅したとき、例の手紙を持って帰ってきてくれた。細工をした痕跡はない。やっぱりわたしの思い過ごしか。

昇平は仕事の疲れも見せずに、静かに言った。

「気になるのはわかるけど、あんまり深刻にならないほうがいいよ」

思いやりのある声だった。思わず涙があふれた。こんなに優しい昇平が、あんな手紙を書くはずがない。わたしのお腹には待望の娘がいるのだ。彼が胎教に悪いことをするわけがないではないか。

火曜日には、今年はじめてのボランティアの集まりがあった。

定刻の十分前にアガサに着くと、先に来ていた滝本さんと久野さんがにこやかに迎えてくれた。やっぱりわたしはかわいがられている。そう思っているところへ、新しいインド風のブラウスを着た森さんが入ってきた。

「わー、森さん。いいですね、それ。ひょっとしてアダーシュ・ギルですか」

「さすが、ブランドに詳しい宇川さん。よくわかったわね」

「すごーい。二十万はするでしょう」

お金のことを言ってはっとしたが、滝本さんが笑いながらフォローしてくれた。

「それが七十パーセントオフだったのよね」

「だって、サンモトヤマのバーゲンだもの」

わたしはいきなり突き飛ばされたような気がした。サンモトヤマのバーゲンは、滝本さんが招待券を持っていて、わたしも誘ってもらえるはずだった。まだ先だと思っていたのに、もう行ってしまったのか。

「バッグなんかも安かったわよね。久野さんもキャリー・フォーブスのハンドバッグ、いい買い物したわよね」

「エヘヘ、これです」

久野さんはうす紫の革のハンドバッグを取り出した。かわいがられていると思っていたのに、知らないうちにのけ者にされていた。

残りのメンバーがやってきて、いつも通り定例会がはじまった。わたしはほとんど話が理解できず、隅の席でぼんやりしていた。

わたしは新参者だから、人のいやがることでも率先してやってきた。身重なのに、リサイクル運動で重い衣料を運んだり、図書館で新しい本の入れ替えもやった。それなのに認めてもらえないのか。

そういえばこの前、銀座《ぎんざ》のキハチでランチがあったときも、わたしは呼んでもらえなかった。力仕事のときは必ず呼ばれるのに、ランチやバーゲンには声がかからないなんて。

「……なんだけど、宇川さんはどう？」

「え、はい？」

葦原さんに突然聞かれ、何のことだかわからなかった。みんな変な目でわたしを見ている。わたしが何か言うと、みんな目くばせをして、首を振ったり、ため息をついたりする。あの人たちだけにわかる言葉で合図を交わす。

「どうしたの、宇川さん」

ほら、またわたしを蔑《さげす》む。

「実は、わたし、ストレスのせいで耳が聞こえにくくて」

つい出任せを言ってしまう。

――あの女は自分で気ずかずに嘘を言いますから。

やめて！　わたしの中で何かが弾けた。わたしは立ち上がり、みんなに叫んだ。

「この中にわたしに手紙を書いた人がいるんですか！　いるならいると言って」

直後、わたしはソファに崩れ落ちた。両眼から涙が噴き出し、顔がゴムのように歪んだ。

「どうしたの。宇川さん、しっかりして」

「ちょっとお水飲ませてあげて。ほら」

差し出されたコップから、わたしは少し水を飲んだ。だれかがおしぼりで涙を拭いてくれる。

「宇川さん、大丈夫よ。みんないるから安心して」

久野さんの優しい声が聞こえた。メンバー全員が心配そうにわたしを見ている。

「今、手紙がどうのって言ってたけど、何のこと」

葦原さんが顔をのぞき込みながら聞いた。わたしはしゃくり上げながら、例の手紙のことを打ち明けた。覚えているかぎりのことを説明すると、メンバーの全員が、「ひどい」「許せない」と怒りの声をあげてくれた。

「これは悪質ないやがらせですね。警察に届けたほうがいいのかも」

ご主人が弁護士の滝本さんが言った。みんなが口々に慰めてくれ、私は全身がマシュマロにくるまれたような気になった。

「あなたが立派なボランティア精神の持ち主だということは、ここにいるみんなが認めていることですからね。あなたの悪口を言う人など、ここにはひとりもいませんよ」

葦原さんが確信を込めて言う。

「宇川さん。あんまり悲しんでると、お腹の赤ちゃんにもよくないわよ」

久野さんが優しく微笑み、ほかのみんなも励ましてくれる。わたしはひとりじゃない。みんなが手紙の犯人を憎み、攻撃している。それがうれしくて、よけいに涙が止まらなくなった。

14

その夜、帰宅した昇平がわたしに言った。

「実は今日、手紙のことをお袋に話したんだ。正月に君の元気がなかったけど、何かあったのかって聞いてきたからね。手紙のことを言うと、かわいい嫁にだれがそんなことをするのかと、カンカンになってた。そのあとで姉貴からも電話がかかってきて、お袋に聞いたけど、そんないやがらせは許せないから警察に届けろって言い出してさ。俺はそこまですることないって言ったんだけど、明日、お袋と姉貴がこっちへ来るって言ってた。君を慰めたいんだって」

明日の水曜日は昇平が休みだから、それに合わせてということだろう。姑だけでなく、杏子までそんなにわたしを思ってくれていたなんて。

翌朝、トモくんをバス停に送っていくと、正樹くんのママがわたしに言った。

「水疱瘡の流行は一段落したようよ。クリスマス会のときはみんな気が立ってたけれど、のどもとすぎれば何とやらね。代表幹事の岡田さんも宇川さんによろしくって言ってたわ」

何のわだかまりもない声だった。どうしたんだろう。まるで呪いが解けたように親しげだ。

わたしが微笑むと、正樹くんのママが続けて言った。

「もし、よかったら、今日、智治くん、うちへ遊びに来ない？　このごろ正樹が退屈して仕方ないから」

なんてタイミングのいいお誘い。トモくんを預けられるなら、昇平と姑たちともゆっくり食事ができる。

姑と杏子は十一時過ぎに来て、昇平の運転でイタリアンのレストランに行った。席に着いて手紙を見せると、姑は「そんな手紙、燃やしてしまいなさい」と憤慨し、杏子も「見るからに知性のない文章ね」と切って捨てた。

食事のあと二人が帰ると、朱美から電話がかかってきた。この前、わたしが二次会に行かなかったので、みんなが心配していたらしい。手紙のことを打ち明けると、朱美は自分が被害をうけたかのように怒り、みんなにも連絡すると言ってくれた。

その晩、ふたたび朱美からＬＩＮＥが来て、わたしを慰めるために、もう一度みんなで集まると報せてきた。この前会ったとこなのにとわたしが返信すると、困っているとき集まるのが仲間じゃないと、グループのメンバーからＬＩＮＥが来た。

翌週の月曜日。みんながわたしに便利なようにと、早めのランチでわざわざ玉川髙島屋まで来てくれた。洋子はんとユーカは仕事を休んでまでの参加だ。

九階のフレンチカフェで、わたしはみんなに手紙を見せた。

「何よ、これ」

「あんまりだよ」

「ひどすぎる」

マチャミは手紙を読む前から頭に血がのぼっていたようで、その場で手紙を破ってしまいそうな勢いで「許せない」と言った。

「あたしは真実子の旦那が浮気してるんじゃないかってドキドキしてたの。ほら、妊娠中は要注意っていうでしょ。うちの二の舞になったらどうしようかと思って」

「あんた、仲間を増やそうと思ってんじゃないの」

リコがカヨちゃんに突っ込み、笑いが広がった。わたしも笑いながら、うれしくて涙があふれた。みんなこんなにわたしのことを思ってくれてる。手紙の犯人は一人だけれど、わたしにはこれだけたくさんの味方がいる。それなのにたった一通の手紙に振りまわされて、わたしはほんとうにバカだった。

「どうしたの。みんな真実子を応援してるんだから、泣かないでよ」

「そうだよ。あんた、二人目を産むんだろ。強い母にならなきゃ」

わたしは何度もうなずきながら、小指で涙を拭った。

そのとき、わたしの下腹部ではっとするような感触があった。トモくんのときも覚えがある。

「今、赤ちゃんが動いた。はじめての胎動だわ」

「やったね。みんなの応援が効いたんだ」

テラス越しの太陽がいっぱいに照りつける。青空はどこまでも澄んでいる。わたしは下腹に手を当て、そっとつぶやいた。

「早く元気な顔を見せてね、わたしのマドモアゼル」

15

一月もそろそろ終わりだ。

太陽が明るい。まるで春がすぐそこまで来ているかのよう……。

嘘だ。寒い日がまだまだ続く。二月になれば、灰色の空から凍りつくような雨が降ってきて、地面がビチョビチョになる。

あれから、いったい何通の手紙が来ただろう。

わたしはパソコンで有害ミネラルの検索を続けている。秘密結社がアルミニウムは胎児にアルツハイマー病を引き起こすと宣伝している。

自由が丘の産科医は、わたしに変な病名をつけて、精神科病院に送り込もうとした。マタニティ・ブラック？　ふざけるな。だれがその手に乗るものか。

夫との生活に変化はない。でも、あの男はほんとうにうまく化けている。わたしの目はごまかせない。本物の昇平はどこへ行ってしまったのだろう。

智治のようすもおかしい。子どもらしくない変な目でこちらを見ている。いつの間にかそっくりなだれかと入れ替わったようだ。泣いて同情を惹《ひ》こうとするが、そうはいかない。

いやがらせの手紙は、ボランティアグループの久野が書いたらしい。二番目の手紙は息子が引きこもりの八田。その次は朱美たち。変換ミスが多いのは姑と杏子が合作したからだ。郵便受けはガムテープで密閉しているのに、どこから持って来るのだろう。

みんなわたしに同情するふりをして、裏で集まって嘲《あざけ》っている。どうしようもないバカ女だと、お腹の皮がよじれるほど嗤《わら》っている。

セントレア玉川の杉田が、乳母車を押しながらやってきた。声を出さずに子守唄を歌っている。何度もうちの前にやってきて、中をのぞく。乳母車に三人の男の子。顔は大人だ。目が合うと、意味ありげに笑った。

（……ご主人さまへ）

言葉が歪む。耳を塞ぐと、杉田は勝ち誇った顔で、口だけ動かした。

（ご主人さまへ、ご主人さまへ、ご主じんさまえ、ごしゅじんさまえ……）

わたしは、マグネシウムとセレニウムを摂らなければならない。

郵便配達のバイクがやってきて、門扉の前でぐにゃりと溶けた。
怖い。
わたしはどうなるの。お腹の中で動くものは何？
だれか、わたしを助けて。
ぎらつく太陽の中で、地面と空が逆さになるのを、わたしはぼんやりと見ていた。

老人の園

私がクリニックにデイサービスを併設したのは、少しでも日本の超高齢社会に貢献したいと思ったからだ。

デイサービスは、独り暮らしのお年寄りや、自宅で老親を介護している家族にとって、重要な息抜きの場である。

1

我が「九賀《くが》クリニック」は、神戸《こうべ》市中央《ちゅうおう》区の北野坂《きたのざか》にある。異人館街にも近いおしゃれな地区だ。デイサービスは定員が四十人。看護師二人と四人の介護職員が専属のスタッフとして働いている。デイルームはクリニックの二階で、広さは小学校の教室程度だ。エレベーターホールを隔てて介護用のトイレと風呂もある。

もともと私は外科医だが、病院勤務の激務化で、このままでは結婚もできない多忙さに恐怖を覚え、三十八歳で開業に踏み切った。

とは言え、開業医にも今は大きなリスクがつきまとう。新たにクリニックを開く場合は、簡単に患者が集まらない。クリニックにデイサービスを併設したのは、経営に有利という側面もある。

老人はすぐに集まるし、介護保険から定期的な収入が得られれば、経営も安定しやすい。従って、私はデイサービスに力を注いでいる。毎日、できるだけ多くのお年寄りに来てもらうため、利用者にあれこれと心を配っている。

午前九時すぎ。送迎バスが到着すると、専用の入口に立ってにこやかに出迎える。脳梗塞で麻《ま》痺《ひ》のある人、百歳近い超高齢者、車椅子に斜めにもたれて口を開けっ放しにしている人、重度の認知症の人などさまざまだ。これでは今に日本が老人で埋め尽くされて、介護が足りなくなって、野垂れ死にする人さえ出るのではないかと心配になる。

しかし、私は笑顔を絶やさない。デイサービスの利用者は、すべて大事なお客様なのだから、丁寧にお迎えするのは当然のことだ。

2

「ハァーハは、来ましぃた、今日ぉもぉ来ーたぁ」

調子はずれの「岸壁の母」を歌いながら、トシさんが入口のスロープを上がってくる。私のクリニックでは、親しみを込めて利用者を下の名前で呼ぶことにしている。

トシさんはアルツハイマー病で、六十五歳の彼女がなぜにと思うが、デイサービスに来ている間中、ずっと「岸壁の母」を口ずさんでいる。

「おはようございます」

私が挨拶《あいさつ》すると、トシさんも頭を下げるが、歌は中断しない。

パーキンソン病のハルオさんが、小刻み歩行で歩いてくる。円滑な運動ができなくなるので、身体《からだ》が硬直し、足がスムーズに運べない。八十歳になって気が弱くなったのか、何をするにも不安で、「これでいいんですか」「大丈夫ですか」としつこく聞く。

いつもよりスピードが遅いなと思っていると、後ろから苛立《いらだ》った声がかかった。

「前が空いてるやないか。さっさと行かんかいな」

左手でついた杖《つえ》で身体を支えているヨウジさんだ。七十六歳。花隈《はなくま》で建築事務所を開いていた人で、そうとうプライドが高い。脊柱管狭窄症《せきちゅうかんきょうさくしょう》で歩行が不自由なため、リハビリ目的でデイサービスに通っている。銀縁の眼鏡をかけ、頬がこけ、色黒のこめかみに老人性のシミが浮き出ている。

「ヨウジさん。どうぞ、お先に行ってください」

間に入ってヨウジさんを先に通す。ハルオさんが転倒でもしたら一大事だからだ。

続いて、膝の関節がO形に変形して杖が離せないアサヨさんがやってきた。

「わたしも先に行かせてもらお」

膝が痛いはずなのに、人を追い越すときには症状も消えるようだ。でっぷり太った七十五歳で、きついパーマの半白髪に、色の薄いサングラスをかけている。口が達者で、ふたこと目には兵庫県警に勤めている息子の自慢話をする。糖尿病、高血圧、肺気腫、狭心症と、生活習慣病のデパートのような人だ。

二人を通したあと、私はハルオさんの手を引いて、エレベーターの前まで連れて行った。そこでエレベーターを待っているヨウジさんとアサヨさんに追いつく。急いでも同じとわかり、二人は仏頂面で目を逸らす。

自力で歩ける人が終わると、職員が車椅子の利用者を押してくる。

先頭は右半身不随と言語障害のあるフジノさんだ。七十二歳で脳出血を起こしたことを悔やんで、いつも顔を歪《ゆが》めている。症状を訴えるときも、必死に説明しようとするが、うまく言葉が出ないので、苛立ち、全身を震わせて嘆く。

「今日はご気分、いかがですか」

「はい。だ、だ、大丈夫、でっでっ、でぇす」

甲高い声で必死に答える。機嫌は悪くはないようだ。

車椅子からはみ出しそうに太ったマツエさんが、若い介護職に押されて上がってきた。脳梗塞による四肢麻痺の八十二歳。体重百四十五キロの超肥満で、自力で身体を動かすことができない。腹部はまるで巨大なパン種が目いっぱい膨らんだような盛り上がりで、診察のときに腹部を押さえると、指がズブズブと底なし沼に吸い込まれるような感触があった。その上の乳房も、つきたての餅を臼《うす》からそのまま載せたような大きさと柔らかさがある。

「おはようございます」

声をかけても返事はない。マツエさんは認知症もあって、問いかけにもほとんど反応しない。なのに「もうすぐ選挙やな」などと、たまにまともなことも言うので、案外しっかりしているのかもしれない。

車椅子の最後に、クモ膜下出血で半身不随のヒロエさんの顔が見え、私は思わず一歩前に出た。

「また来てくださったんですね。ありがとうございます」

「ご心配をおかけしました」

先週、ヒロエさんが一階のリハビリルームで歩行訓練をしていると、同じくリハビリをしていたヨウジさんの前で立ち止まってしまい、「邪魔や」と怒鳴られたのだ。気の強いところがあるヒロエさんは、「わざとじゃありません」と言い返した。すると、横にいたアサヨさんが、「あんた、人の邪魔をしたら謝らんかいな。幼稚園の子でももっと早《は》よ歩くで」と、意地の悪いことを言った。

ヒロエさんは努力家で、八十六歳でも頑張ればまた歩けると、懸命に歩行訓練に取り組んでいる。しかし、思うように回復せず、悔しい思いに苛《さいな》まれていた。そこへ理不尽に怒鳴られ、「幼稚園の子でも」と罵られたので、屈辱のあまり悔し涙を流したのだった。

そのまま私のところに来て、今日かぎりでデイサービスをやめますと宣言した。ヒロエさんの気持もわかるので、私は、「デイサービスをやめるのは自由ですが、歩行訓練は続けたほうがいいのでは」と、やんわりと慰留した。ヒロエさんは「帰って考えます」と答え、それから三回続けて欠席していたのだ。

「デイサービスに復帰していただけて嬉《うれ》しいです」

屈みこんで笑ってみせたが、ヒロエさんは口を真一文字に結んだまま、わずかに頭を下げただけだった。

3

私はこのデイサービスを、老人のパラダイスのような場にしたいと考えている。それぞれに苦難を抱えた人に、少しでも安らぎを感じてもらいたいからだ。しかし、現実はなかなか思い通りにはいかない。少々困った利用者がいるからだ。

たとえば、今朝、入口でハルオさんを急かしたヨウジさん。

彼はどちらかと言えば無口なほうだが、口を開くと露骨に人のいやがることを言う。「岸壁の母」を口ずさむトシさんに、「ボケ老人の典型やな」と言ったり、「そばへ来るな。ボケがうつる」と追い払ったりする。トシさんは具体的な意味はわからないようだが、ひどい扱いを受けていることは感じるようで、歌いながら眉間に皺《しわ》を寄せている。

ヒロエさんともめたのも、先週がはじめてではない。平行棒でヒロエさんが懸命に歩行訓練をしていると、「その歳やったらもう無理やろ」と、冷たいことを言ったのだ。ヒロエさんが怒って私に訴えたので、ヨウジさんに真意を確かめると、元通り歩くのは無理という意味で、もう歩けないと言ったのではないとのことだった。ヨウジさん自身も思い通りに歩けず、苦しみを堪《こら》えているので、気の毒な面がないでもない。

ヨウジさんは手先が器用で、作業療法の折り紙などではいつも上手にする。パーキンソン病のハルオさんが大仰に感心すると、ヨウジさんもまんざらでもないらしく、にやけた顔をしていた。それを好意と受け取ったハルオさんが、作業療法のたびにヨウジさんの横に座り、やり方を訊ねたり、出来栄えを確認したりするので、ヨウジさんがキレて、「人の真似《まね》ばっかりするな」と一喝した。それ以後、ハルオさんはヨウジさんを怖がり、彼がそばにいるだけで足がすくむようになった。今朝、いつもより小刻み歩行がひどかったのは、後ろからヨウジさんが来ているのに気づいたからだろう。

昼食のときも、ヨウジさんは脳梗塞で顔の歪んだ人や、涎《よだれ》を垂らす人が前に座ると、あからさまにいやな顔をする。ときには鋭い舌打ちをして、「メシがまずうなる」と言ったりするので、スタッフはいつもヨウジさんの席に苦慮し、ついつい仲のいいアサヨさんとくっつけたりする。

仲がいいと言っても、アサヨさんが一方的にすり寄っているだけで、ヨウジさんがどう思っているかはわからない。アサヨさんは場の力関係を読み取るのに聡《さと》く、ここではヨウジさんがボス的存在だと見ると、積極的に近づいて話しかけた。

「現役のころは建築士？　へえ、エリートですやん。花隈やったら料亭とかもあるし、ええもん食べてはったんやろな」

そんな飲み屋のような会話でおもねる。

地声の大きなアサヨさんは、ほかの利用者の迷惑などおかまいなしにまくしたてる。

「うちは息子が県警の生活安全部にいてるから、イザっちゅうときに安心なんや。けど、わたしは息子が定年になるまでに死ななあかんねん」

「なんでや」

興味をそそられたらしいヨウジさんが聞く。

「息子が現役の間に死なんと、香典が集まらへんねん。今は出すばっかりや言うて、息子がぼやいてますわ」

世知辛い話だと思ったので、私は「そんなこと言わずに、長生きしてくださいよ」とアサヨさんを慰めた。すると彼女はサングラス越しに私をにらみ、大きな声で言い返した。

「アホらし。これ以上長生きして、何がええことありますねん。なあ」

まわりにいる子分筋の老婆たちに同意を求める。

「ほんまや。朝起きて、死んでたらどんなにええやろと思うわ」

「こけて頭打って、そのままあの世に行けたらええのに」

「センセ、ポックリ逝ける薬はおませんか」

いっせいにまくし立てられ、私は力なく笑うしかなかった。

アサヨさんとこの三人の老婆はいつもいっしょで、デイルームで存在感を誇示している。中学校にたとえれば、ヨウジさんが番長で、アサヨさんはスケ番みたいな感じだ。

これに敵対しているのが優等生のヒロエさんで、アサヨさんたちが傍若無人にしゃべるのをいつも苦々しい顔で見ている。

ヒロエさんは生真面目そのもので、これまで笑ったことがないのではと思わせるほど硬い表情をしている。若いころにはヘミングウェイを原書で読んだというから、知的レベルはかなり高い。それがまた、アサヨさんたちにはお高く留まっているように見えるのか、折あるごとに棘《とげ》のある言葉をかける。

「車椅子は楽でよろしいな」

「そんな身体では家事はできんやろ。ご主人がたいへんやな」

「あとはこのまま死ぬだけやな」

ヒロエさんはじっと屈辱に耐えている。ひどいと思うが、私はあくまで中立を保たなければならないので、アサヨさんたちを一方的にたしなめることもできない。

そんな彼女らにも、苦手な存在がいる。内縁の夫とともに参加しているキョウコさんだ。キョウコさんは胸元に緋鯉《ひごい》の入れ墨があり、最初の聴診のとき、私は思わず、「すごいですね」と感心しつつ、声が震えてしまった。八十三歳にして黒いスリップを着ていたのも異様だ。入れ墨は、輪郭線はやや色褪せているが、ウロコの緋色は深みがあり、周囲に散った桜の花びらと水しぶきも鮮烈さを保っていた。さすがにこれはほかの利用者に見せられないので、入浴はキョウコさんと夫のトシハルさんだけ特別に二人でしてもらうことにした。

キョウコさんはヤクザの元情婦で、旦那亡きあと舎弟だった十歳年下のトシハルさんが世話係として、内縁関係を続けているという話だった。彼女は言葉遣いは丁寧だし、表情も穏やかだが、悠然と車椅子に座る姿にはどことなく侵しがたい威厳がある。私は聞いていないが、一度、だれかがエレベーターの順番を抜かそうとして、キョウコさんに一喝されたらしい。それ以来、みんなが一目置くようになり、アサヨさんたちもキョウコさんの前では会話の音量をぐっと絞るのだった。

その代わり、キョウコさんがいないところでは、平気で無神経なことを言う。よくターゲットになるのは、右半身不随と言語障害のあるフジノさんだ。

「あんた、まだ七十二か。若いのにそんな身体になって気の毒やなぁ」

「言葉もしゃべれんて、ほんまかわいそうやわ」

明らかなイケズ（関西でいう女性っぽい意地悪）で、フジノさんは怒るが、うまく反論できない。アサヨさんたちはそれを面白がって、よけいにからかう。

「何や。はっきり言うてみ。もしもしカメよ、カメさんよて、歌《うと》うてみ」

フジノさんは興奮のあまりけいれん発作を起こしてしまう。身体が硬直して、口から泡を吹く。看護師が気づいて、慌てて診察室に運び、私は抗けいれん剤のフェノバールを注射した。

そのあとでアサヨさんたちを診察室に呼ぶと、自分らはフジノさんに同情の言葉をかけただけと、反省の色も見せない。

「あの人、ひがみっぽいんや」

「ネクラやねん」

「ひとりで勝手に興奮してるだけよ。わたしら悪口言わへんもん」

白々しく自己正当化する彼女たちに、私は最低限の注意しか言えない。どの利用者にもできるだけ優しくというのが私のモットーだからだ。

4

もめごとはレクリエーションのゲームでも起こる。

この前はボール送りで一悶着《ひともんちやく》あった。二チームに分かれてゴムのボールを身体の前と後ろで交互に送るゲームだが、認知症のキミヨさんが、後ろで受け取ったボールを落としてしまった。

「ああ、わたしのせいで負けた。もう死んでしまう」

キミヨさんが叫ぶと、同じチームにいたアサヨさんがピシャリとこう言った。

「あんたなんか簡単に死ねるかいな」

それを聞いて、キミヨさんはいっそう取り乱し、大声で泣き出した。職員は彼女を連れ出して宥《なだ》めていたが、私は不思議に思わざるを得なかった。老人の世界では、「死ね」というより、「死ねない」というのが意地悪になるのだ。

レクリエーションが終わると昼食になる。宅配の弁当だが、そのまま食べられる人ばかりでなく、刻み食、ミキサー食にする利用者も少なくない。

元大学教授のタカヒコさんは、脊髄出血の後遺症で両手が不自由なので、職員が介助しなければならない。タカヒコさんは異常に恐縮して、いつも申し訳なさそうにする。泣きそうな顔で、

「すみません。申し訳ありません。こんなことになって、情けないです」と繰り返す。

それがヨウジさんには気に入らないらしく、「見てるほうが陰気になるわ」と顔をしかめる。元大学教授という肩書きもしゃくに障るようで、脳トレのクイズでタカヒコさんが正解を答えると、「ちょっと知ってると思うて、偉そうに」と言ったり、昼食をスプーンで食べさせてもらっているのを見て、「大学のセンセもああなったら終わりやな」と、聞こえよがしにつぶやいたりする。タカヒコさんは言い返したりしないが、悔しい思いをしているのだろう。ときどき怒りの籠もった目で、ヨウジさんを背後からにらんでいる。

昼食がすむと、休憩時間のあと、午後はビデオ鑑賞、カラオケ、作業療法などをする。ビデオ鑑賞は時代劇で、熱心に見ている人もいれば、居眠りをする人、無反応の人もいる。

カラオケはマイクの取り合いになるので、看護師の指名制にしている。アサヨさんは演歌が好きで、声が大きいので、彼女が歌うときには職員がこっそりボリュームを下げる。「岸壁の母」を口ずさむトシさんに、一度カラオケで歌ってもらったら、まったく伴奏を無視して、曲が続いているのに早々に歌い終わってしまった。

トシさんは重度の認知症だが、思いがけない活躍をすることもある。デイルームで彼女の前を通りかかった老人がつまずいたとき、とっさに身体を支えて転倒を防いだのだ。どこにそんな力があったのか不思議だが、倒れていたら骨折の危険もあったので、大いに助かった。看護師が礼を言ったが、トシさんはそれには応えず、やはり「岸壁の母」を歌い続けていた。

5

デイサービスではたまに野外でのイベントも行う。時候のよいときに限られるが、春は近くの公園に花見に行く。

デイルームで健康チェックをすませてから、送迎バスに分乗して出発するのだが、この日ばかりはヨウジさんも遠足気分で機嫌がよかった。アサヨさんたちのグループはミカンやあめ玉を持参して、さっそくバスの中で分けはじめる。

アサヨさんが年甲斐もなく照れた顔で、ヨウジさんに声をかける。

「ミカン、おひとつどないですか」

「おっ、おおきに」

ヨウジさんも気さくに受け取る。和気あいあいとした雰囲気は、野外イベントならではだ。

公園に到着すると、看護師が先導してまず歩行が自立しているヨウジさんたちを花見の場所に行かせる。待たすと機嫌が悪くなるので、不本意だが特別扱いせざるを得ない。歩行介助の必要な人や車椅子の人は、職員が往復して順に連れて行く。私は全体を見ながら、転倒しそうな人はいないか、徘徊《はいかい》でどこかへ行ってしまう人はいないかと気を配る。

桜はほぼ満開で、花曇りというのか、暑くもなく寒くもない絶好の花見日和だ。

「きれいやな」

「やっぱり日本の桜がいちばんや」

アサヨさんたちのグループがベンチに座って、一足先に花を愛《め》でている。

「桜の何分咲きていうの、どうやって決めるか知ってるか」

ベンチにひとり陣取ったヨウジさんが、となりのアサヨさんたちに聞く。みなが首を傾《かし》げると、ヨウジさんはふんぞり返って説明した。

「桜は下から順に咲いていくんや。下三分の一が咲いたら三分咲き、半分で五分咲き、てっぺんまで咲いたら満開や」

「知らんかったわ。さすがはヨウジさん」

アサヨさんが代表しておべんちゃらを言う。ヨウジさんは鼻の穴をうごめかせてさらに付け加える。

「ほんで秋の紅葉も同じやねん。葉っぱは下から赤《あこ》ぉなりよる」

「ひゃあ、そんなことまで知ってはんの。もう植物博士やな」

自分たちだけでいいかげんなことを言って盛り上がっている。

車椅子の一行が到着すると、職員が適当な場所にシートを敷き、その上にマットを広げて即席の花見会場を作る。両脇に太い桜の木があり、頭上にピンクの花の天井を広げている。

「みなさん、こちらに集まって下さい」

看護師の声かけで、ヨウジさんたちが大儀そうにベンチからやって来る。私が簡単な挨拶をして、介護職のリードで合唱がはじまった。「さくらさくら」のほか、「春の小川」「どこかで春が」など、デイサービスならではの童謡が歌われる。

途中で認知症のテルコさんが立ち上がり、歌に合わせて踊りはじめた。盆踊りのように両手を上げ、滑稽なステップを踏む。それを見てみんなが笑う。珍しくヨウジさんも口元を緩めている。昼前に宅配の弁当が届くと、看護師が参加者の手をアルコールティッシュで拭き、残りの職員が弁当を配る。デイサービスでは全員が揃《そろ》ってから「いただきます」と食べはじめるのがルールなので、先にもらった人も膝の上に置いて待っている。ところが、兵庫区の元自治会長で今は認知症のシュンペイさんが、弁当を受け取ったとたんに、割り箸を割って弁当のフタを開けた。

「あっ、シュンペイさん。また先に食べてる」

若い看護師の片岡《かたおか》さんが指をさして叫んだ。シュンペイさんはフライングの常習者で、これまでも何度も片岡さんに注意されていたのだ。いつもは制止されても食べるのに、今日は彼女の声に反応して、ピタリと手が止まった。片岡さんをにらみつけて憤然と言う。

「わしは何も食べてませんで。わしが何を食べたか言うてみなさい」

たしかにシュンペイさんは割り箸をかまえただけで、まだ何も食べていない。片岡さんが答えに詰まり、「でも、いつも先に食べるじゃないですか」と抗弁した。

「いいや。わしは先に食べたことなんかない。食べかけただけや。いや、今日は食べかけてもいない」

シュンペイさんは認知症だが、妙に理屈っぽいところがあり、扱いに苦労する。

「さあ、わしが何を食べたか言うてみなさい。言えんかったらこの会社をクビにしたる」

シュンペイさんが立ち上がって片岡さんに迫りかけたので、私はそばへ行って頭を下げた。

「すみません。彼女が勘ちがいしたようです。許して下さい」

「あんたが社長か。こんな従業員はすぐやめさせなさい。でないと、アレがナニしてえらいことになりますぞ」

「わかりました。すぐそうします」

意味不明でも、とにかく言い分を肯定するのが認知症対応の原則だ。

それでもシュンペイさんはわけのわからないことを言い続ける。すると横から、「ええかげんにせえ」と不機嫌な声が上がった。ヨウジさんだ。

「みんな、待ってるんやで。そんなもんほっといて、早よメシにしてもらえまへんか」

後半は私への注文だ。

「すみません。そしたらみなさん、どうぞ召し上がって下さい」

慌てて昼食開始の合図を出した。ヨウジさんが吐き捨てるようにぼやく。

「これやからボケ老人といっしょはいややねん」

「だれがボケ老人や」

シュンペイさんが聞きつけて、今度はヨウジさんに噛《か》みついた。こういうときだけ耳ざといので困る。ヨウジさんはそっぽを向いたまま弁当に箸をつけている。シュンペイさんは収まらず、ヨウジさんに詰め寄って怒鳴った。

「だれがボケ老人か、言うてみなさい」

「うるさいな。黙って弁当食うたらええやろ」

「あんたはわしをバカにする気か」

「もともとアホやろ」

「何を」

シュンペイさんが拳を振り上げたので、私は咄嗟《とっさ》に間に入って両手を広げた。

「待って下さい。あっ、シュンペイさんのその手首の数珠《じゅず》、すごくいいですね。ちょっと見せてもらってもいいですか」

「な、何ですか」

うろたえるシュンペイさんにかまわず、左手をとって猫目石らしい数珠を目の前に持ち上げる。

「すごいですね。これ、上等そうですね。高かったんじゃないですか」

「そうですねん。これは腕輪念珠というて、パワーストーンですねん。わしが自治会長になったときに、記念に買いましてん。商店街の仏具屋を儲《もう》けさせたろと思うてね。一万円ですわ」

「へえ、高級品じゃないですか。さあ、お弁当の用意ができてますよ。みなさんといっしょに食べましょう」

緩やかに誘導すると、素直に自分の席にもどった。腕数珠はシュンペイさんの自慢のアイテムで、話題を向けるといつも上機嫌に来歴を説明してくれる。認知症の人が興奮したときは、お気に入りの話題で気を逸らすのもテクニックのひとつだ。後ろで、「けっ」とヨウジさんのふて腐れたような声が洩《も》れたが、幸い、シュンペイさんには聞こえなかったようだ。

それからしばらく平穏な時間が続いた。十人ほどいる車椅子の参加者は、職員に介助されたり、自分で先割れスプーンを使ったりして食べている。満開の桜を見上げながら微笑《ほほえ》む人、「花見ができるなんて思うてなかった」と涙ぐむ人、花など無視して黙々と食べ続ける人などさまざまだ。

私は全体を見渡しながら、職員用のおにぎりを頰張った。喜んでいる人たちを見ると、デイサービスをやってよかったと思う。知らず頰が緩んだが、ふいに独特のしゃがれ声の叫びが聞こえた。

「あーっ。あんた、何すんの」

アサヨさんの後ろで、「岸壁の母」のトシさんがミカンの皮を剝《む》いている。アサヨさんがデザート用に置いてあったのを勝手に取ったようだ。アサヨさんが叫ぶのと同時に、トシさんはミカンの半分ほどを皮ごと口に押し込んだ。アサヨさんが残りを取り返そうと、トシさんにつかみかかる。トシさんは取られまいとミカンを高く掲げ、アサヨさんを押しもどそうとする。

「返せ。それ、わたしのや」

止める間もなく取っ組み合いになり、トシさんが突き飛ばされて、身体が反転したはずみに顔から桜の幹に激突した。

「あ痛たたぁ」

トシさんが仰向《あおむ》けに倒れて額を押さえる。アサヨさんはトシさんに見向きもせず、食べかけのミカンを奪い取る。

「大丈夫ですか」

駆け寄って抱き起こすと、トシさんの指の間から血がだらだらと流れ出た。自分の手を見て出血に気づくと、トシさんは目を見開き、信じられないという表情でアサヨさんを見た。トシさんの血だらけの顔に驚いて、ほかの利用者がいっせいにざわつく。悲鳴を上げる老婆もいる。私は職員に救急箱を持って来させ、出血部をガーゼで強く圧迫した。

「大丈夫です。みなさん、落ち着いて」

まわりの利用者を宥めると、アサヨさんが興奮して自己弁護をまくしたてた。

「その人が悪いんやで。わたしのミカンを盗るからや。泥棒やんか、なあ」

取り巻きの三人の老婆が、首をすくめて曖昧《あいまい》にうなずく。ヨウジさんは不愉快そうにため息をつき、我関せずの面持ちで弁当を再開した。

それを見た周囲の利用者たちが、憎悪の籠もった視線を彼らに向けた。生真面目なヒロエさんは唇をきつく結び、入れ墨のキョウコさんは目に凄《すご》みのある光を浮かべ、車椅子からはみ出しそうなマツエさんも三白眼の上目遣いでにらんでいる。当事者のトシさんは肩で息をしながら、強ばった表情でアサヨさんを見続ける。不穏な空気が流れ、私はそこはかとない不安を感じた。

幸い、トシさんの傷はさほど深くなく、五分ほどで出血も止まった。救急箱の生理食塩水で傷を洗浄し、滅菌ガーゼで拭いてからステリテープで傷が開かないように固定した。

「これで心配ないですよ。気分は悪くないですか」

トシさんはしっかりとうなずいたが、その顔は粘土で作ったように表情がなかった。安静にしたほうがいいので、看護師といっしょにバスで休んでもらうことにした。

付き添いをしてくれた片岡さんにあとで聞くと、トシさんはシートにもたれたまま、ずっと黙りこくっていたらしい。「岸壁の母」を歌わないんですかと聞いても、首を振るばかりだったという。

6

トシさんの額の傷はほどなく完治した。しかし、彼女は「岸壁の母」を口ずさまなくなった。どうして歌わないのかと職員が聞いても、首を振るばかりで答えない。年長の看護師の池田《いけだ》さんが、「トシさんの歌、また聞きたいわ」と優しく促すと、「そんな気になりません」と答えたらしい。意外にまともな受け答えだったので、池田さんは妙な気がしたと私に報告した。トシさんは完全な認知症のはずだが、実は少しわかっているのではないか。

あのとき、トシさんがバスで休んでいる間に、花見の雰囲気はどんどんおかしくなった。ヨウジさんはもともとシュンペイさんとの一件で不機嫌だったし、アサヨさんもトシさんに怪我《けが》をさせたことで逆に興奮し、だれかれなしにきつい言葉を投げかけた。

「まだ弁当食べてんのか。日が暮れてしまうで」

「ウロウロしいな。こけたら危ない」

「またそんなにお茶飲んで。自分で便所に行けんくせに、世話かけると思わへんのか」

意地悪トークのオンパレードで、どんどん険悪なムードになる。そこへ認知症のテルコさんが立ち上がり、桜の枝を折ったので、ヨウジさんが激怒した。

「何やってんねん。恥ずかしい真似すんな」

宥めにかかった私にも、きつい口調で言う。

「先生、もう帰りましょや。こんな連中といっしょにおったら、こっちまで笑われる」

私は困った顔をするしかなく、予定より早い時間に引き揚げた。不満な人もいたようだが、ヨウジさんとアサヨさんの剣幕に、だれも反論できなかった。

それから、デイルームには妙な冷ややかさが漂うようになった。話し声が消え、ヒソヒソ話が交わされる。アサヨさんたちのグループだけは相変わらずの大声で、傍若無人の度合いがいっそう増した。

さらに雰囲気を変えたのは、キョウコさんとトシハルさんが、エレベーターホールの喫煙コーナーで、長時間すごすようになったことだ。タバコを吸う利用者が少なくないので、デイサービスの開設時に喫煙コーナーを設けざるを得なかった。灰皿と換気扇を備えただけのスペースだが、ベンチを向かい合わせに置いたので、六人ほどが座れる。

キョウコさんは車椅子なので、その横に利用者が入れ替わり立ち替わり座って、何やら話し込んでいる。妙なことに、タバコを吸わないヒロエさんやフジノさんまでが出入りしていた。それとなく聞き耳を立てると、キョウコさんがうなずきながら、「大丈夫やで」とか、「任しとき」などとささやいている。いったい何を話しているのか。

ヨウジさんはタバコを毛嫌いしていて、アサヨさんも狭心症の発作を起こしてから医者に禁煙させられたらしく、どちらも喫煙コーナーには近寄らない。アサヨさんの取り巻きもボスに遠慮してか足を向けない。

超肥満のマツエさんが、職員に頼んでデイルームから出て喫煙コーナーに行った。彼女も非喫煙者のはずだ。ようすを見ていると、キョウコさんの横に車椅子を並べて、顔を寄せて何か話していた。マツエさんが低くつぶやき、キョウコさんが相づちを打つ。煙管《キセル》から紫煙が漂い、となりに流れた。その刺激でマツエさんが激しい咳《せき》発作に襲われた。

私は駆け寄って、マツエさんの背中をさすろうとした。ところが車椅子の背もたれに巨体が押しつけられ、うまく手が入らない。咳のタイミングを見計らって差し込むと、今度は手が引き抜けない。目の前では一抱えほどもある腹部が波打っている。あまりの滑稽さに、私はつい笑ってしまった。マツエさんが苦しそうに咳《せ》き込みながら、斜めに私を見返した。その目が悔しそうだったので、私は慌てて笑いを消した。

7

喫煙コーナーには男性陣も出入りする。

彼らはキョウコさんではなく、トシハルさんとしゃべることが多かった。ときどき笑い声も上がるが、何やら深刻そうな話もしている。トシハルさんがキョウコさんの耳元で何かささやき、返事を聞いて男性に伝える。まるで通訳か、神のお告げを伝えるかのようだ。

喫煙コーナーに人が集まると、必然的にデイルームは空席が目立つ。ヨウジさんとアサヨさんたちは、常に奥のテーブルに居座っている。

「このごろ、タバコを吸うヤツが増えたな。空気を汚してるのがわからんのか」

ヨウジさんが聞こえよがしに言うと、アサヨさんがしゃがれ声で呼応する。

「タバコは肺がんだけやのうて、胃がんとか喉頭がんにも悪いんでっしゃろ」

「人の迷惑を考えんようなヤツは、早よ死んだらええねん」

ヨウジさんが言い放つと、何人かがデイルームを出て行く。その姿を見送ってから、アサヨさんがため息まじりにぼやいた。

「あのタバコ喫《の》みら、何考えてんねやろ。なんや気色悪いわ。ハハッ」

笑い飛ばすように言ったが、半分は本気で怖がっているようだった。それをヨウジさんが鼻で嗤《わら》う。

「何が気色悪いねん。あいつらアカンタレの集まりや。満足に身体も動けへんのに、何もできるわけないやろ」

そうだろうか。私はどことなく落ち着かないものを感じていた。

8

この日の作業療法は塗り絵だった。各テーブルを見てまわりながら、私はそれとなくアサヨさんたちに注意していた。手前のテーブルで、フジノさんが一心不乱に色鉛筆を動かしている。鼻の頭に汗をかき、老眼鏡がずり落ち、歪んだ身体を必死に支えて、花嫁の着物に色を塗っている。アサヨさんが身を乗り出して、しばらくのぞき込んでから言った。

「あんた、そこ緑でええんか。赤のほうがきれいやろ」

自分は手抜きの塗り方しかしていないくせに、余計なことを言う。フジノさんはかばうようにして肘で塗り絵を隠しながら塗り続ける。

「あーあ、また色がはみ出てるで。下手くそやな」

フジノさんが顔を上げ、何か言い返そうとしたが言葉が出ない。歯ぎしりをしながら、唸《うな》り声《ごえ》をあげる。私はゆっくりと近づき、「大丈夫ですよ」とフジノさんの肩に手を当てた。

「自分の好きな色を塗ったらいいんです。そのほうが個性が出ますから。はみ出してもぜんぜんかまいませんよ。フジノさん、きれいに塗れているじゃないですか」

ほめられると気持も収まるのか、フジノさんの表情が緩んだ。そして必死に言葉をつむぐ。

「ももも、もっと、じょ、じょ、上手に、塗りたい、んです」

アサヨさんが呆《あき》れたように肩をすくめ、ヨウジさんは「フン」と嘲笑する。私がいなければもっと露骨に蔑《さげす》むのだろう。

ほかのテーブルを見まわりに行くと、ヨウジさんの周囲でまた険悪な空気が感じられた。パーキンソン病のハルオさんと元大学教授のタカヒコさん、腕数珠が自慢のシュンペイさんの三人が、チラチラとヨウジさんを見ている。それに気づいたヨウジさんが、眉間に皺を寄せて低い声で凄んだ。

「おまえら、何を見てるんや」

「別に」

タカヒコさんが顔を伏せ、ほかの二人も目を逸らす。鋭い舌打ちが飛び、ヨウジさんの眼鏡がキラリと光った。

「なめた真似しとったら承知せんぞ」

音量は抑えているが、ヤクザまがいの口調は私にも聞こえた。

横でアサヨさんがテーブルを叩《たた》いて笑い声をあげる。

「ハッハッハ。こらええわ。ヨウジさんはほんまに頼もしい」

9

私は、デイサービスの間だけでも老人たちにつらさを忘れてもらい、のんびりすごしてほしいと思っていた。だが、それがどんどんむずかしくなりつつある。先日の花見以来、ヨウジさんやアサヨさんたちのグループと、それ以外の参加者の対立が日に日に激化してきたからだ。

ヨウジさんたちは、少数派だが性格がきつくて口が達者なので、優位に立っている。そのほかの参加者は、喫煙コーナーにいるキョウコさんを中心に、緩やかなつながりで集まっているが、おとなしい人が多く、麻痺や認知症の程度も重いので、人数の割に勢いは弱い。それでも遠くからヨウジさんたちをにらんだり、声をひそめてうなずき合ったりして、不穏な空気を醸し出している。一人ひとりは弱くても、集団になれば思わぬ力を発揮するのではないか。障害を抱えた人たちの怨念《おんねん》が、徐々に高まりつつあるような感じだった。

ヨウジさんたちもそれを意識してか、敵対心を剝き出しにして弱い参加者を攻撃する。

「何やってんねん。そんなこともできんのか」

「さっさとせえ。フラフラすんな。迷惑なんじゃ」

「また失敗しとる。ああなったら、人間おしまいやな」

言われた老人は言い返すこともできず、ただ恨みがましい目で応じるばかりだ。

なんとかしなければと思うが、私は医師として中立を保たねばならず、デイサービスの経営者としては、どの参加者も大切にしなければならない。

手をこまねいていると、次第に圧力が高まり、嵐の前の静けさとも言える状況になった。

先に動いたのはヨウジさんだ。私に折り入って話があるというので、診察室に下りてきてもらった。

「前から言おうと思うてたんやけど、このデイサービスには、本来、来たらあかん人が来てるんとちがいますか」

キョウコさんのことを指しているのは明らかだった。ヨウジさんはいやらしい余裕を見せてつけ加えた。

「今日び、銭湯でもプールでも人が集まるとこは、入れ墨は出入り禁止のはずです。デイサービスかていっしょでっしゃろ」

「だれか見たんですか」

「んなもん、みな知ってまっせ。本人がチラつかせてるのやから」

キョウコさんがそんなことをするはずはない。彼女は明らかに入れ墨を隠そうとして、襟元のボタンをいつも上まで留めている。

「私としてはできるだけ配慮しているつもりです。入浴もほかの人と同じにならないようにしてるでしょう」

「そんなんで足りますかいな。みな怖がってまっせ。デイサービスいうたら公共の場でっしゃろ。そこに反社会的勢力がらみの人間が参加してると世間に知れたら、先生も困りはるんとちゃいますか」

まさか、ヨウジさんはマスコミにたれ込むことまで考えているのか。そんなことをされたら、クリニックの存続にも関わりかねない。

「わかりました。できるだけ早急に対応します」

こめかみが汗ばむのを感じながら、なんとかヨウジさんに納得してもらった。

たしかに公共の場では入れ墨お断りのところが多い。しかし、高齢者の施設は必ずしもそうではない。すでに反社会的勢力と手を切った人を受け入れないのは、人権に関わるからだ。しかし、ヨウジさんたちが納得するとは思えない。

逆にキョウコさんはどうか。今はまっとうな社会生活を送っているのに、過去の痕跡で排除されるのは受け入れがたいだろう。キョウコさん自身は何の問題も起こしていないし、迷惑もかけていない。

答えは出なかったが、取り敢《あ》えずキョウコさんと話してみることにした。

「お呼び立てしてすみません。実は今、ちょっと困ったことが起きてまして」

キョウコさんは泰然と構え、表情ひとつ変えない。後ろに立つトシハルさんのほうが、一瞬、怯《おび》えたように眼鏡を持ち上げた。

「胸元のそれなんですが、もしかして、デイサービスのだれかに見られましたか」

「いいえ」

嘘《うそ》でないのは一目瞭然だった。穏やかな笑みを崩さず、落ち着いた声で私に聞く。

「何か言うてる人がいてはるんですか」

「はあ、まあ……」

言葉を濁《にご》すが、キョウコさんは静かな笑みを浮かべたままじっと私を見つめていた。おそらくはすべてお見通しなのだろう。二、三やりとりはあったが、だれが何を言っているのか、いっさい聞こうともせず、「わかりました」とだけ言って、「ほな、上にもどろうか」と、トシハルさんを促した。

「あの、まだ何も決まってませんし、方策もあると思いますから、少し考えさせて下さい」

追いかけるように言ったが、キョウコさんは軽く頭を下げただけで、そのまま診察室を出て行った。

帰り際、送迎バスを見送りに行くと、キョウコさんがトシハルさんに命じて、車椅子を私のほうに向けさせた。

「短い間でしたけど、お世話になりました。ありがとうございます。どうぞ先生もお達者で」

後ろから池田看護師が私の白衣の裾を引いた。

「キョウコさんが、今日でデイサービスをやめるとおっしゃってますよ。トシハルさんもいっしょに」

あまりの潔さに唖然《あぜん》としたが、私は彼女を止めることができなかった。

キョウコさんの車椅子が送迎バスに向かっていた。横にヒロエさんが付き添っている。

「心配いらん。あんたならできる……」

キョウコさんの低い声に、ヒロエさんがうなずくのが見えた。

10

キョウコさんとトシハルさんが来なくなると、デイサービスの雰囲気はそれまで以上に寒々しいものになった。

朝の健康チェックのあと、ヨウジさんがお茶を飲みながら聞こえよがしに言う。

「このデイサービスも健全になったたな」

「ほんまや。ここは善良な市民の集まりやさかいね。うちの息子も言うてるわ。暴力や脅しにはぜったいに屈したらあかんて」

アサヨさんもあけすけな声を出す。キョウコさんの周囲にいた老人たちは、きつく唇を結んで目を伏せている。

ハルオさんがヨチヨチ歩きで喫煙コーナーに退避する。超肥満のマツエさんも、職員にトイレの合図をしてデイルームから出て行く。おそらく帰りに喫煙コーナーに寄るつもりだろう。

ヒロエさんとフジノさんも、最近は喫煙コーナーにいることが多い。トシさんもベンチの端に座っていることがある。眉間に皺を寄せ、じっと床を見つめている。相変わらず「岸壁の母」は歌わない。

ボール送りのゲームでアサヨさんに簡単に死ねないと言われたキミヨさんも、ときどき喫煙コーナーに行く。認知症だが思い詰めた顔で座っているので、老人性うつでもはじまったのではないかと心配になる。

いつも「申し訳ない」を繰り返す元大学教授のタカヒコさんは、意味もなく泣いたり笑ったりしているので、感情失禁を起こしているのかもしれない。

花見のときに歌に合わせて踊っていたテルコさんは、相変わらず陽気で、喫煙コーナーのまわりで盆踊りのように踊っている。

弁当をフライングで食べるシュンペイさんは、最近、妙に落ち着いて、分別顔でみんなの顔を見渡している。

ほかにも喫煙コーナーに出入りする老人は多いが、昼食のときは全員がデイルームにもどる。

ヨウジさんとアサヨさんは、ほかの参加者がいると余計に大きな声でしゃべる。この部屋を支配しているのは自分たちだと誇示しているのだ。

「それにしても、無茶苦茶な法律があったもんや」

ヨウジさんが弁当を食べながら言う。アサヨさんたちが興味を示すと、おもむろに説明しはじめた。

「この前、京都でえらい事故があったやろ。八十三歳の男が自家用車で幼稚園の子どもの列に突っ込んで、六人死んだという事故。アクセルとブレーキ踏みまちごうたらしいけど、運転しとった男が認知症とわかって、無罪になったんや。刑法三十九条の適用や」

「何ですのん、それ」

「心神喪失者の行為は罰しないという法律や。善悪の判断がつかんで、責任能力のない心神喪失者やったら、人を殺しても罪にならんというわけや」

「そんな法律がありまんの。無茶苦茶やがな」

「ほかにもな、妄想に操られて人の顔をナイフで切りつけた犯人が、心神喪失やとわかって不起訴になっとる。被害者は泣き寝入りや」

「ここに来てる連中も、大方その心神喪失みたいなもんとちゃいますか。ぼーっとしてるのやら、お通夜みたいに陰気なのやら、まともな判断できてるように見えませんで。ハハハハ」

アサヨさんがあけすけに笑い、仲間の三人の老婆も追従して笑う。

嘲笑された老人たちは眉間に深い皺を寄せ、暗い表情で目を伏せている。ヒロエさんも同じだが、どこかようすがおかしかった。ヨウジさんの話の途中から、何事か考えるように耳を傾けているのだ。アサヨさんの笑いで怒るかと思いきや、取り繕うように苦笑しただけだった。達観して、相手にしなくなったのだろうか。それなら対立も弱まっていいのだが。

キョウコさんが来なくなってから、アサヨさんはいっそう強気になり、わがままに振る舞うようになった。よくないなと思いつつも、私は強くたしなめることができなかった。長年の積み重ねで形成された性格はおいそれとは変わらないだろうし、アサヨさんにも事情があるのだから、無理に抑えつけるのはよくない。それより温かく見守って、徐々に変わってもらうほうがいいと考えていた。

11

結果的に、私のこの考えはまちがっていたと言わざるを得ない。

それから少しして、アサヨさんが風呂で溺死《できし》したからだ。

その日は女性が午後からの入浴で、介助当番は介護職の浅野《あさの》君だった。アサヨさんといっしょに入ったのは、ヒロエさんとトシさん。浅野君の証言によれば、ほぼ自力で脱衣できるアサヨさんが先に浴場に入り、続いて浅野君が半身不随のヒロエさんを支えながら浴場に連れて入った。アサヨさんは顎《あご》まで浴槽に浸かっていたが、別段、おかしなようすはなかったという。

ヒロエさんを浴槽に入れようとしたとき、食後の薬をのみ忘れたので取ってきてほしいと頼まれ、浅野君はデイルームに引き返した。その間、ヒロエさんは洗い場で待っていると言い、シャワーチェアに座った。トシさんは着衣のまま脱衣場にいて、浅野君が、「少し待っていて下さいね」と言うと、しっかりとうなずいたとのことだ。

デイルームでヒロエさんの薬をさがしていると、ハルオさんが浅野君に声をかけ、折り紙ののり付けを手伝ってほしいと頼んだ。その日の作業療法はカレンダー作りで、五月の節句に合わせて自分で折ったカブトを貼り付けていたのだ。

ハルオさんはこれでいいのか何度も確認し、浅野君が「大丈夫ですよ」と言ってもなかなか放してくれなかったそうだ。私は日ごろから職員に、高齢者を急かしてはいけないと言っていたので、浅野君もハルオさんの要求にていねいに応じた。そのため、十五分ほど時間を取ってしまった。

ヒロエさんの薬を見つけて浴室にもどると、なぜか脱衣場にいるトシさんの服が濡れていた。どうしたのかと聞いても答えない。浴場からはシャワーの音が聞こえていて、浅野君が扉を開けると、アサヨさんが浴槽に沈んでいた。慌てて引き揚げたが、すでに呼吸は止まっていたらしい。浅野君が大声で呼びに来て、私はすぐに駆けつけて蘇生術《そせいじゅつ》を試みた。看護師にアンビューバッグを持って来させ、私が心臓マッサージをする間、マスクで人工呼吸を続けさせた。半時間ほども処置を続けたが、アサヨさんを救うことはできなかった。

高齢者が風呂で亡くなるのは、決して珍しいことではない。しかし、介助者がそばにいるデイサービスでは稀《まれ》な事故と言わなければならない。今回は浅野君が持ち場を離れたことが悲劇につながったのだが、対応にはたしかに問題はあったものの、私の日ごろの指導に従った側面もあるので、一概に彼を責めるわけにはいかなかった。

直ちに家族に連絡し、状況を説明して、私は責任者として謝罪した。警察にも通報し、二人の捜査員が状況を調べに来た。私も事情を聞かれ、調書を取られたが、県警にいる息子さんの判断で、それ以上の捜査は不要ということで落ち着いた。死因は溺水だが、おそらく心臓発作か脳卒中で意識を失い、そのまま浴槽に沈んでしまったのだろうと推定された。

できるだけていねいに状況を説明し、謝罪したが、当然ながら息子さんはすぐには納得してくれなかった。しかし、溺水の原因が発作だと推測され、それがたまたま職員のいないときに起こったことは、ある種の不運とあきらめたのか、業務上過失致死罪に問うことまでは考えないようだった。

検視が終わったあと、息子さんは無理やり自分を納得させるように吐き捨てた。

「これも不運続きだったお袋らしい最期かもしれん」

デイサービスの最初の診察のとき、息子さんが本人のいないところで母親の来歴を話してくれた。アサヨさんは大阪の生まれで、三歳のときに空襲で家族を失い、親戚に引き取られて育ったらしい。ろくに食事を与えられず、床下で寝させられるような生活だったので、十歳のときに家出をして、神戸で浮浪児のような生活をしていた。警察に保護され、施設に入れられて、以後は天涯孤独の身として生きることになった。十五歳で水商売の世界に入り、生来の負けん気で頭角を現し、自分の店を持つようになった。そこに客として来ていた家具職人と結婚して、子どもも二人できた。ようやく人並みの生活ができるようになったと思った矢先、夫が膵臓《すいぞう》がんで亡くなり、女手ひとつで子どもを育てなければならなくなった。さらに娘が八歳のときに、飲酒運転の車にはねられて死亡した。アサヨさんは錯乱状態になるほど悲しみ、当時、五歳だった息子は一時、父方の親戚に預けられた。

しかし、アサヨさんは息子の小学校入学を機に立ち直り、親子二人の生活がはじまった。自分に教育がないために苦労したので、アサヨさんは息子には厳しく勉強をさせ、おかげで息子は神戸大学に入り、今は兵庫県警の警部にまで出世した。

アサヨさんのきつい性格は、不運と不幸の連続で、なぜ自分ばかりがという気持が影響しているのだろうと、息子さんは申し訳なさそうに言った。だから、デイサービスでも迷惑をかけるかもしれないけれど、よろしく頼みますと頭を下げたのだった。

たしかに、アサヨさんはほかの利用者に心ない言葉を投げかけることも多かった。参加者の境遇がすべてわかるわけではないが、恵まれた高齢者はなんとなくわかる。アサヨさんの苛立ちは、そんな高齢者に対する反発もあったのかもしれない。だから、私は彼女を強く咎《とが》めることができなかった。それが適切だったのかどうか、今となっては判断がつかないけれど。

この事故で不思議だったのは、同じ浴場にいながら、ヒロエさんがなぜ気づかなかったのかということだ。ヒロエさんによれば、待っている間に寒くなったので、強めのシャワーを浴びていたために、浴槽の異変に気づかなかったとのことだった。アサヨさんが発作で気を失って沈んだのなら、たしかに大きな音はしなかったのかもしれない。

トシさんは脱衣場にいたはずなのに、服がびしょ濡れになっていたので、おそらく浴場に入ったものと思われる。アサヨさんの異変に気づいて、助けに入ったのかもしれない。以前、彼女は目の前で転倒しかけた人を支えたこともある。

しかし、今回は何を聞いても答えず、首を振るばかりで、どういう状況だったのかはわからない。ヒロエさんもトシさんが入ってきたのは気づかなかったという。

もうひとつ、奇妙なことがあった。この日の帰りの送迎バスから、トシさんがふたたび「岸壁の母」を口ずさむようになったのだ。

12

アサヨさんがいなくなって、彼女の取り巻きだった三人の老婆は中途半端な状況になった。ヨウジさんはもともと一匹狼《いっぴきおおかみ》的な性格なので、三人がすり寄っても特段、親しみを見せることはなかった。かと言って、当然ながら、ほかの利用者たちと今さら仲よくするわけにもいかない。

ヨウジさんはその日の機嫌次第で、相変わらず暴言を吐いたり、大きな舌打ちをしたりしていたが、相棒を失ってデイルームで孤立していることが多くなった。

私は以前同様、デイサービスの参加者には均等に接しようとしていたが、どことなく全体によそよそしい雰囲気が漂っていた。

そんなある日、一階のリハビリルームでフジノさんが大きなけいれん発作を起こした。付き添っていた浅野君が看護師の池田さんに報告し、処置が必要だと判断した彼女が私を呼んだ。

フジノさんは麻痺があるとは思えない動きで、手足をばたつかせていた。白目を剝いて歯を食いしばり、断末魔のようなうなり声を上げている。

「これじゃ注射もできない。上にいる人を呼んできて」

浅野君に指示して、フジノさんを押さえるための加勢を頼んだ。

職員二人が下りてきて、フジノさんをマットの上に運んだ。けいれんのようすがいつもとちがう。

「てんかんの大発作かもしれない。アレビアチンを用意して」

池田看護師に抗けいれん剤を用意してもらい、駆血帯《くけったい》を巻いて点滴しようとするが、フジノさんは拒否するように身体を動かす。これでは針が刺せない。

「じっとしてください。フジノさん、わかりますか」

耳元で言うと、腕の力を緩める。ところが針を近づけると、また腕を撥《は》ね上げて全身で抵抗する。いつもならすんなり注射できるのにどうしたわけか。

「肩と肘を押さえて。手首の血管を使うから」

早くしないと、脳出血の再発作を起こすかもしれない。私は焦るが、フジノさんは猛烈な力で職員を押しのけようとする。四人がかりで押さえつけて、ようやく腕をマットに固定した。手首をアルコール綿で拭いて針を刺そうとしたとき、フジノさんのうなり声がふいにやんだ。

「せせせ、先生。もう、だ、だ、だ、大丈夫、です」

フジノさんがしきりにうなずいている。汗びっしょりになっているが、目の焦点は合っているから、意識は正常になったようだ。

「けいれんは収まったんですか」

フジノさんは返事をする代わりに顔をしかめた。

「い、痛い、ううう、腕が」

池田さんたちがずっと強い力で腕を押さえていたのだ。慌てて手を緩める。するとフジノさんは上体を起こし、四《よ》つん這《ば》いになってあたりを這いまわりはじめた。

「どうしたんです」

答えずにどんどん私たちから遠ざかる。這いながら、「アハハハハハ」と甲高い声で笑う。奇異な行動だが、けいれんは収まっているようだ。

池田さんと浅野君があとを追いかける。壁際まで行くと、フジノさんは脚を投げ出して壁にもたれた。

「フジノさん、大丈夫なの」

「だ、だ、大丈夫です。アハッ、アハッ、き、き、き、気分が、いいんです。ううう、嬉しいんです」

必死に言葉をつむぎながら、顎をあげて笑っている。片目をつぶり、泣き笑いのような顔だ。急にどうしたのか。

「フジノさん。手を握ってみてください」

私が手を差し出すと、しっかり握る。意思の疎通はあるのでせん妄ではない。急に認知症になったとも思えない。私は状況を把握しかねたが、取り敢えず発作は収まったようだった。

「もう少しようすを見ておいて」

池田さんと浅野君たちに言って、私はリハビリルームから引き揚げた。

なんとなく胸騒ぎがして、デイルームのようすを見に行こうとすると、二階のトイレのドアが開いていて、片岡看護師ともう一人の職員が屈み込んでいた。だれかを介抱しているようだ。

「どうしたの」

「タカヒコさんがトイレで倒れて、起き上がれないんです」

片岡さんが困ったような顔で答えた。

「骨折はしてない？」

「それはないみたいですけど、気分が悪いからそばにいてくれとおっしゃって」

タカヒコさんは職員に介助されてトイレに来たらしいが、急に取り乱して看護師を呼んでくれと頼んだらしい。

「大丈夫ですか」

私が聞くと、いつもは申し訳なさそうにするタカヒコさんが、ヘラヘラ笑いながら、「大丈夫」とうなずいた。

いったいどうなっているのか。

そのとき、私はふと気づいた。フジノさんの処置に四人のスタッフがかかりきりになり、タカヒコさんの世話に二人がついているということは、デイルームには今、スタッフはだれもいないということだ。

急いでデイルームに行くと、異様な空気が充満していた。

テーブルが乱れ、椅子がいくつかひっくり返っている。コップやタオルも床に散らばっている。老人たちは奥の隅に集まって、壁に向いて何かを見下ろしていた。車椅子の人もそばにいる。アサヨさんの仲間だった三人の老婆は、少し離れたところで背を向けて立っていた。

「どうしたんです、みなさん。そんなところに集まって」

振り向いた老人たちが、奇妙な目で私を見た。どの顔にも表情がない。無機質な、人間性を感じさせない眼差しだ。

私はただならぬ予感に襲われ、息を詰めて近づいた。老人たちの輪が開く。だれかが仰向けに倒れている。ヨウジさんだ。鼻と口から血を流し、虚《うつ》ろな半眼を天井に向けている。横に落ちた眼鏡はひん曲がり、額や頰に暴行の痕があり、口から舌がはみ出ている。体操で使う縄跳びの縄が、首にきつく食い込んでいた。

私は膝立ちになってヨウジさんの脈を取った。触れない。ペンライトで目を見ると、すでに瞳孔が開いていた。異様なにおいが漂っている。病院勤務のころ、患者を看取ったあとに遺体から立ち上るのと同じ臭気だ。

ヨウジさんは両肘を曲げ、脚を不自然な向きに広げていた。ズボンの前が濡れている。失禁だろう。

私は振り返って、老人たちを見た。全員がヨウジさんを無表情に見下ろしている。

「みなさん。これはたいへんなことですよ」

いったい、どうすればこんなことができるのか。老人たちの禍々《まがまが》しいエネルギーはここまで高まっていたのか。いずれにせよ、こんなことは許されない。

そう思ったとき、老人たちの異変に気づいた。徐々に間合いを詰めてくる。

「どうしたんです。下がってください」

強い口調で言ったつもりが、声が震えた。ヒロエさんが車椅子で前に出てきて言った。

「先生。どうして知らん顔したんですか」

何のことか。私は混乱した。床に倒れたヨウジさんを見た。たしかに彼には問題があった。しかし、あのような性格になったのには、彼なりの事情もあったのではないか。そう思って咎めなかったが、それを知らん顔と言うのか。

「私は、ただ、みなさんのことを思って、できるだけ公平に……」

いつの間にか、数人の男性が背後に迫っていた。左右には老婆たちが壁のように立っている。

ヒロエさんに視線をもどした瞬間、老人たちがいっせいに私に襲いかかった。あっという間に引き倒され、両腕両脚を押さえつけられる。

「放してくれ。話を聞いてくれ」

「この人たちに言っても無駄です。みんな善悪の判断がつかないんですから」

ヒロエさんが悲しげにつぶやく。これまで一度も笑ったことのないような顔に、歪んだ笑みが浮かんだ。

老人たちが道を空け、マツエさんの車椅子が近づいてきた。マツエさんは胸をはだけ、腹部を露出している。手前で止まると、老人たちが四人がかりでマツエさんの身体を持ち上げ、私のほうに倒れさせた。プロレスのフォールをするように、私に覆い被さる。熱したゴムの塊のような腹部が顔面に密着する。必死に首を振るが、顔が分厚い脂肪にめり込み、完全に外部と遮断されて呼吸ができない。

苦しい……。

焦って気道を確保しようと思うが、巨大な腹部がそれを阻む。声も出せない。胸が虚しく波打ち、後頭部が締めつけられる。口の中に金属を舐《な》めたような味が広がった。冷や汗が噴き出し、全身が痺《しび》れ、顔が破裂しそうになる。

ああ……。

今、やっと思い当たった。私は老人たちに恨まれていたのだ！

ブラックアウトする寸前に、自分の白衣に黒いシミがポツポツと現れ、それが広がって全身を覆い、部屋中に広がる光景が見えた。恥だけが生き残っていくように思われた。

注目の的

1

小山希美《こやまのぞみ》は緊張していた。

メインの魚料理はスズキのポアレで、肉料理は仔牛《こうし》のグリエだったが、どちらも味はまるでわからなかった。デザートが終わると、いよいよビンゴゲームがはじまる。うまく司会ができるだろうか。

浄星《じょうせい》福祉大学では、毎年三月に「浄星会」と称して、職員全体の懇親会が開かれる。高級ホテルの宴会場で、大学幹部、教員、事務職員ら、総勢約二百人が一堂に会して、フレンチのコースを楽しむのである。メインイベントは、豪華景品が当たる食後のビンゴゲームだ。

幹事は職員の持ちまわりで、今年は健康心理学科の新沼《にいぬま》助教と、教務課の希美が担当だった。前半の司会は新沼がやってくれたから、後半は希美がマイクを握らなければならない。ただでさえ人前でしゃべるのが苦手で、目立つことが嫌いな希美は、ビンゴゲームの開始が近づくにつれ、心臓がせり上がってきそうな胸苦しさを感じた。

「おい、そろそろ用意しようぜ」

そそくさとデザートを食べ終えた新沼が、となりから声をかけてきた。ナプキンで口元を拭って立ち上がる。

希美はガトーショコラを半分以上残したまま、デザートフォークを置いた。唇のかさぶたが気になって、ナプキンを使えない。治りかけのヘルペスの水疱《すいほう》から出血などしたら、恥ずかしくて司会どころではなくなってしまう。

新沼といっしょに景品を載せた台を正面に運び、横のテーブルにビンゴマシーンを用意した。今年の目玉は、最新のお掃除ロボット「ロビオン」だ。景品の手渡しは新沼がやってくれるから、希美はビンゴマシーンから出てくるボールの番号を読み上げるだけでいい。大丈夫、どうということはない。自分に言い聞かせながら、ふと不安が胸をよぎる。

もしも番号を読みまちがえたらどうしよう。リーチがかかった人に、立ってもらうのを忘れたらどうしよう。景品の順番を言いまちがえたら困ったことになる。最初のビンゴが出たら、盛大に盛り上げなければならないけれど、うまくできるだろうか。そのあとも、当選者が出るたびに「おめでとうございます」では単調すぎる。全体の時間配分も考えなければならない。当選者がなかなか出ないと白けるし、早く終わりすぎたら間が持たないし、時間がかかりすぎたら最後がバタバタしてしまう。

白布をかけた景品台を見ると、新沼と二人でいろいろ考えて用意したつもりが、とんでもないものが交じっていることに気がついた。独身のベテラン女性教授に、電気シェーバーが当たったらどうしよう。高齢の学科長にかわいいポシェットが当たったら笑うに笑えない。権威ある学長にケータイストラップだとショボすぎる。何といっても最悪なのは、バーコード頭の理事長に、ホットカーラーのセットが当たったときだ。どうフォローしてその場を切り抜ければいいのか。

準備が整うに従い、各テーブルの雑談が徐々に静まってきた。懇親会の会費は毎月千円、年間一万二千円の積み立てで、飲食費は約一万円だから、二千円以上の景品が当たるかどうかがみんなの関心の的なのだ。今までは和やかに談笑していたが、毎年、ゲームがはじまるや、真剣勝負の空気が会場に漂う。

「じゃあ、はじめようか」

はい、と応えようとしたら、うまく返事ができなかった。おかしい。新沼は景品台の横に立ち、手渡す景品の順番のチェックをしている。

希美はゲームの開始を告げるため、ステージの中央に行かなければならなかった。水中を進むような抵抗に逆らいながら、必死に前に進む。シャンデリアの光がアイスピックのように尖《とが》り、希美に向かって降り注いでくる。

なんとかステージにたどり着き、マイクを持って向き直ると、参加者全員が期待と欲望の入り交じった熱い視線を向けてきた。大学幹部のお偉方、ベテランの教授陣、上司、口うるさいお局《つぼね》職員、後輩職員までが意地悪そうな目を向けてくる。

さて、みなさんお待ちかね。ビンゴゲームのはじまりです。

何度も練習したセリフを胸の内で繰り返し、マイクを構えて息を吸った。

…………

さて、みなさん、の「さ」が出ない。声を出すべき空気が、チェーンのはずれた自転車のペダルのように空まわりした。

唾を飲み込み、もう一度しゃべろうとするが、声が出ない。どうなったのか。汗が噴き出し、マイクが手から滑り落ちそうになる。

「希美ちゃん、カワイイ」

だれかが酔った声で野次を飛ばし、笑いが起こる。恥ずかしい。十人並み以下のわたしがカワイイわけがない。希美は強ばった愛想笑いをしながら、その場で足踏みをした。横を見ると、新沼が怪訝《けげん》な顔で無言の催促をしている。

「小山、緊張しすぎだぞ」

上司の教務課長が、からかいとせっつき半分の声をかけた。

「どうした。早くしろ」

「みんな待ってるぞ」

会場がざわめきだす。希美は必死で何でもない風を装い、マイクを持ったまま口を開けるが、呼気はのどを素通りするばかりで音にならない。シャンデリアの光がまたも鋭く尖り、どんどんパワーが吸い取られる。

だれか助けて。

そう思った瞬間、ヒィイイーッと警笛のような音が出た。声ではない。無理やり吸った空気が気管で軋《きし》み、絶望的な音を響かせたのだ。

希美の胸が激しく上下し、開いた口から空気が目まぐるしく出入りした。両手の小指がしびれ、親指以外の指が変な具合に曲がってマイクが落ちた。

息ができない！

そう思った瞬間、全身から力が抜け、腰が砕けてその場にしゃがんだ。

「小山さん、どうした」

異変に気づいた新沼が駆け寄った。希美は泣きそうになりながら、声が出ないと訴えようとしたが、その言葉が声にならない。

正面のテーブルにいた事務部長が立ち上がり、ステージに歩み寄った。

「過呼吸じゃないか。すごい汗だ。救急車を呼んだほうがいい。だれか、すぐ連絡を」

やめて。そんな大袈裟《おおげさ》にしないで。

希美は目を閉じて必死に首を振ったが、実際、息が吸えなくてパニックになる。胸が苦しい。目の奥が真っ赤に染まる。このまま窒息するのじゃないか。どうして。なんで。恐怖と疑問が錯乱した猫のように全身を駆け巡る。

「大丈夫か」「しっかりしろ」「椅子に座らせてあげて」「寝かせたほうがいいんじゃないか」

何人もの人に取り囲まれ、何本もの手に支えられてステージから下ろされた。

「ほら、水を飲んで」

「おしぼりで冷やしたら」

聞き覚えのある声、同じ教務課の同僚たちだ。希美は針の穴から空気を吸うように、必死に呼吸するが、今にも息が詰まりそうだ。

会場が騒然として、異様な雰囲気に包まれた。もうビンゴゲームどころではない。やがて出入口から場ちがいな恰好《かっこう》の男たちが入ってきた。

「どいてください。道を空けて」

白いヘルメット、ブルーのユニホーム。銀色のストレッチャーが近づいてくる。振り向く顔、のぞき込む顔。すべてがスローモーションのように見え、視界が端から光を失って、溶けるように暗転した。

そこで希美の記憶は途絶えた。

2

温かい。

まるで上等なカシミアの毛布にくるまれているみたいだ。

どこにいるのかわからないが、ここが安全で安心な場所だというのはわかる。

「……わたしが付き添ってますから、課長はどうぞお引き取りください」

川野《かわの》先輩の声だ。そうだ。自分は救急車で運ばれたのだ。川野先輩が付き添ってくれたのだろうか。

川野夏花《なつか》は希美より七歳上の教務課職員で、美人の上に性格もよく、仕事もできる憧れの先輩だ。せっかくの懇親会だったのに、わざわざ抜け出して付き添ってくれたのか。申し訳ないのと、ありがたい気持で胸が熱くなる。

「おっ、小山。気がついたのか」

知らないうちに目を開けていたようだ。教務課の課長も来てくれている。

ありがとうございます。

そう言おうとしたが、やはり声は出ない。

「小山。わかるか」

はい、と言う代わりにうなずいた。川野が横からのぞき込んで課長に言う。

「よかった。びっくりしたけど、意識がもどれば大丈夫ですね」

「そうだな。あとは病院に任せとけばいいだろう」

「わたしはもう少し付き添っておきますから、課長はどうぞ」

「……そうか」

課長がちょっと迷ったようにうなずき、パイプ椅子から腰を上げた。ベッドの周囲にはカーテンが引かれ、枕元の常夜灯が光っている。病院の大部屋に寝かされているらしい。左腕から点滴のチューブが伸びて、透明な液が規則正しく滴下している。

左右をうかがうと、川野が説明してくれた。

「三野《みの》市民病院に来てるのよ。救急外来に運ばれて、容態が落ち着いたから、内科の病室に移されたの。今夜は入院が必要だって」

すみません、ご迷惑をおかけして。

言おうとしたが言えない。

「大丈夫、無理しないで。わかってるから」

優しい言葉をかけてもらって、希美は涙が出そうになった。

今まで川野にこんなふうにしてもらったことがあっただろうか。川野は教務課のリーダー的存在で、いつも自分の意見をしっかり持ち、課長や主任からも頼りにされる有能な職員だ。それに引き換え、自分は地味な存在で、仕事ができないわけではないが、口下手でとっさに気の利いたことも言えない。上司からはきっと、いてもいなくてもいい部下と思われているだろう。

希美は地元の高校を卒業し、東京の短大を出たあと、地元にもどって浄星福祉大学の事務局に就職した。最初は自宅から通っていたが、母親が結婚はどうするだの、将来はどうするだのとうるさいので、去年、実家を出て小さなマンションで独り暮らしをはじめた。二歳下の妹が結婚しそうだったので、その前に家を出なければと思ったのだ。

希美は子どものころからおとなしく、容姿もふつう、勉強もふつうで、これといった特徴のない少女だった。大学でも彼氏はおらず、合コンには参加したことはあるが、見知らぬ男性と飲むのは気づまりで、何度か参加を断っているうちに誘われなくなった。淋《さび》しい気もしたが、気楽なほうが勝っていた。親しい友だちもいないし、趣味らしい趣味もない。それでも自分はポジティブな人間だと思っていた。争いは好まないし、人生はなるようになると受け止める楽天的なところもある。下手に注目を浴びるより、無視されているほうが気が楽だ。二十六歳のこの歳まで、ずっとそう思って生きてきた。

だけど、最近、なぜかモヤモヤすることが増えた。わたしの人生はこれでいいのか。みんないろいろなことを経験し、泣いたり笑ったりしているのに、わたしの人生には何も起こらない。このままゆっくり歳を取って終わってしまうのか。淋しいような、情けないような、でも、何をどうしていいのかわからない。そんな毎日が続いていた。

今は何時だろう。腕時計で確認しようとしたら、川野が毛布の上からそっと押さえた。

「点滴してるから動かしちゃだめ。時間が気になるの？」

察しよく微笑《ほほえ》み、自分の時計で確認して、「十時半よ」と教えてくれた。

先輩、もう大丈夫ですから、今日は帰って。

そう伝えたくて、片手で拝むようにしてから、ゆっくりと手のひらを前に押し出した。意図は伝わったらしく、川野は静かにうなずいた。

「じゃあ、そろそろ帰るね」

ビンゴゲームを台無しにしてすみません。

申し訳ないと思うが、謝ることもできない。ただただ寝たまま頭を下げるだけだ。

「いいのよ。心配しないで」

同室者に迷惑にならないように低い声で言って、川野は帰って行った。彼女は最後まで優しかった。申し訳ない気持でいっぱいになりながら、希美は心のどこかで仄《ほの》かな幸福感を味わっていた。

3

翌朝早く、看護師がようすを見に来た。

「小山さん、おはよう。気分はどう」

「おはようございます……。あ、あれ、声が出る」

希美は挨拶《あいさつ》をして、そのことに驚いた。看護師が半ば予測していたように微笑む。

「やっぱり一時的だったみたいね。よかった。呼吸のほうも大丈夫ね」

「はい」

すべてがふつうにもどっている。昨夜の変調は何だったのか。

午前九時に医師が診察に来て、退院の許可をくれた。

教務課長に電話して、昨夜の付き添いの礼を言い、午後から出勤すると告げると、無理をするなと言われた。しかし、体調はふつうだし、みんなに迷惑をかけたのだから休んではいられない。

いったんマンションに帰って服を着替え、昼休みが終わる前に大学事務局に顔を出した。出会う職員が口々に、「大丈夫か」「もういいの?」と声をかけてくれる。みんなが心配してくれているのを感じて、希美は嬉《うれ》しくなる。同時に、申し訳ない思いと恥ずかしい気持も湧き、肩をすぼめるようにして自分の席に向かった。

教務課に着くと、同僚たちが集まってきて希美を取り囲んだ。川野がみんなを代表するように笑顔で迎えてくれる。

「もう大丈夫なの。課長に聞いたけど、声は出るみたいね」

「ありがとうございます。昨夜はご迷惑をおかけしました。せっかくのビンゴゲームだったのに」

「いいのよ。あのあと、庶務課の人が代わりに司会をやってくれたらしいから。わたしのカードは柴田《しばた》さんが代わりに開いてくれて、コーヒーメーカーが当たったの。今持ってるのは古いから、買い換えようかと思ってたとこなの」

川野が横にいる大柄な同僚に笑みを送った。

柴田咲月《さつき》は教務課の女性職員では川野に次ぐ存在で、ひょうきんな性格なので人気がある。その柴田が腕組みをして川野にうなずいた。

「やっぱり、情けは人のためならずよね。川野さんみたいにいいことをすると、神さまがちゃんと見てるんだ。あたしなんか日ごろの行いが悪いから、ヒマラヤの岩塩しか当たらなかった」

自虐的にみんなを笑わせて続ける。

「小山がずっとしゃべれなくなったら、あたし、手話を覚えなきゃいけないのかと思って心配したわ」

「柴田先輩。手話は声の出ない人じゃなくて、耳が聞こえない人に使うんですよ」

ツッコミを入れたのは、希美より二歳年下の金子彩香《かねこあやか》だ。四年制の大学を出ているからまだ二年目の職員だが、積極的な性格でしっかり自分の居場所を確保している。手話は失声症のコミュニケーションにも使うはずだが、希美は愛想笑いで金子の発言をスルーした。嫉妬《しっと》しているわけではないが、少々うらやましい。

金子は希美の気持も知らず、無邪気な調子で続けた。

「それにしても、昨夜は小山先輩、どうして声が出なくなったんですかね」

「小山は思い当たることはないの」

いつも通りの呼び捨てで柴田に聞かれ、希美は首を振る。だれかが眉をひそめて言う。

「ビンゴゲームのプレッシャーじゃないの。いちばん前のテーブルで理事長とか学長が、けっこうマジでいい景品を狙ってたから」

「あり得る」

「きっとそう」

何人かが賛同したので、希美は思い切って昨夜の不安を言ってみた。

「わたし、もしも理事長にホットカーラーが当たったら、何て言えばいいのかと思って、それで緊張しすぎたのかも」

「アハハハ」

みんなが声をあげて笑った。こんなにウケたのははじめてだ。これも発作のおかげだろうか？

川野がふとまじめな調子で言った。

「もしかして、小山さんの発作、ミシュリンの副作用じゃない？　唇のかさぶた、ヘルペスでしょう」

はっとして唇に手を当てる。柴田がキョトンとしている。金子たちもピンと来ていないようすだ。

「ミシュリンって？」

「みんな、知らないの。新聞に出てたわよ」

金子がスマートフォンを取り出して、素早く検索した。

「ミシュリンはアメリカで開発されたヘルペスの抗ウイルス剤で、効果は抜群だけど、最近、副作用が問題になってるらしいです。症状は失声、過呼吸、失神だって」

「昨夜の小山にぴったしじゃない」

柴田が発見でもしたように声をあげた。金子がさらに続ける。

「ほかに手足のしびれとか、末梢神経障害《まつしょうしんけい》とかもあるそうです。一時的なこともあるけれど、繰り返したりひどくなったりもするんですって」

たしかに昨夜、両手の小指がしびれて、親指以外が変な具合に曲がった。

みんなに疑念が広がったとき、川野がまた代表するように聞いた。

「あなた、ヘルペスの治療で注射を受けなかった？」

先週の金曜日、希美は唇の水疱が増えて出血したので、駅前のクリニックに行った。あのときの注射の感覚がよみがえる。筋肉注射だったけれど、皮膚の下にズンと重く響くような変な痛みがあった――。

4

午後六時に帰宅したあと、希美は夕食を摂るのも忘れて、ネットでミシュリンの副作用を調べた。

ミシュリンは一般名をテシロビルといい、アメリカに本社のある製薬会社が製造し、世界に先駆けて日本で承認を受けた抗ウイルス剤らしい。ヘルペスウイルスは、水疱瘡《みずぼうそう》や帯状疱疹《たいじょうほうしん》などさまざまな病気を引き起こすが、唇やその周囲に水疱を作る単純ヘルペスは、ときに重症化して髄膜炎やヘルペス脳炎になるようだ。ミシュリンはそういう重症化を防ぐ効果が高いとされるが、最近、重篤な副作用が報告され、一時、メディアで話題となっていた。

副作用の症状は、金子がスマートフォンで調べた以外に、知覚神経の障害や全身の筋肉の萎縮なども起こると書いてある。放置すると、口やのどの筋肉が萎縮して、言語障害や嚥下《えんげ》障害が起き、脚の筋力が低下して、起立不能になる例もあるという。患者は二十代から四十代に多く、男女比は一対三で女性に多いらしい。

ネットにはマスコミの記事や、個人のブログに具体的な内容が書かれていた。

『ミシュリンの副作用　全国で報告相次ぐ』（毎報ニュース）
『副作用被害者　医師のずさんな診察に怒りの告白』（週刊プレミアム特報）

『ミシュリンの注射を受けて五日目に、突然、声が出なくなり、今も家族と筆談している。手や足の筋肉がやせてきて、骨が浮き出てきた』（ミシュリン被害関連特集）

その一方で、ミシュリンの効果を喧伝《けんでん》する書き込みも出ていた。

『発熱が続き、ヘルペス脳炎になる直前にミシュリンの注射を受けて事なきを得ました。ミシュリンがなければ、今ごろ私はこの世にいなかったでしょう』（医療サイト）

『単純ヘルペスを甘くみてはいけません。重症化して命を落とす患者をゼロにするためにも、すべての患者にミシュリンを予防的に注射すべきです』（クリニックＨＰ）

いったい、どちらを信じればいいのか。

単純ヘルペスが重症化するのも怖いが、今の希美に心配なのは、やはりミシュリンの副作用だ。ものが飲み込めなくなったり、立ち上がれなくなったら困る。

しかし、と、希美は自分に言い聞かせる。発作はまだ一回きりじゃないか。しかも、昨夜はビンゴゲームの司会というプレッシャーがあったのだ。だったら、ミシュリンは関係ないかもしれない。そう考えて、希美はネットの検索を終えた。

時計は午後十一時を指していた。

…………

翌朝、寝苦しい眠りから覚めると、左腕が曲がったままカチカチに固まっていた。右手で触っても感覚がわからない。昨日、ネットで調べた筋肉の萎縮がはじまったのか。それとも、知覚神経の障害か。希美はすぐさま右手一本でミシュリンの副作用を再検索した。まったく同じ症状は出てこないが、筋肉の拘縮《こうしゆく》とか感覚麻痺《まひ》など、似たような記述はいくつか見られる。半時間ほど検索を続けたが、当然ながら、ネットの中に答えは見つからなかった。

　調べているうちに呼吸もおかしくなり、吸っても吸っても肺に十分な空気が入らないような気がした。足の裏もしびれてきて、裸足なのに分厚い靴下をはいたように感じる。これではとても出勤できない。どうしようかと思いかけたとき、被害者の会のホームページに、専門の病院と医師名がリストアップされているのを見つけた。いちばん近いのは、三野市のとなりの沼尾《ぬまお》市にあるリバティ総合医療センターだ。

　午前八時半。教務課長に診察に行く旨を伝え、病院に電話をかけて、ネットに出ていた池永達也《いけながたつや》という医師につないでもらった。今日は診察を担当する日ではないらしいが、ミシュリンの副作用の患者は臨時で診てくれるという。希美は診察を頼み、動かない左腕で苦労して着替えて、タクシーで病院に向かった。

5

　総合受付で初診の手続きをすると、神経内科の外来へ行くよう言われた。

　待合室には大勢の患者が座っていたが、希美はすぐに名前を呼ばれた。臨時の診察なので、予約とは別扱いなのだろう。池永は予備の診察室のようなところにいた。

「ミシュリンの注射を受けたのは六日前ですね。声が出ない発作と過呼吸が起きたのが一昨日《おととい》。それで今朝は左腕が動かなくなったと。ちょうど副作用の出る時期です」

池永は四十代半ばで、俳優みたいに整った顔立ちだった。希美の左腕の肘関節《ちゅうかんせつ》にそっと触れる。

「筋肉が過緊張の状態です。声が出なくなったとき、呼吸も苦しくなったんですね。それから、意識も失ったと」

希美がうなずくと、池永は電子カルテに書き込んでから、深刻そうにうなずいた。

「まちがいありません。典型的なミシュリンの副作用、ＭＡＲＤＳ《マーズ》です」

「何ですか」

「失礼。ＭＡＲＤＳ《マーズ》というのは、『ミシュリン関連呼吸障害症候群』。Misyulin Associated Respiratory Disorder Syndrome の頭文字を取ったものです」

池永はメモ用紙に美しい筆跡の英語を書き、頭文字にアンダーラインを引いた。

「今、ＭＡＲＤＳ《マーズ》は二十代後半から四十代にかけて、どんどん患者が増えています。原因はミシュリンの副作用による神経筋障害ですが、診断できる医師が少ないので、整形外科や脳神経科をたらいまわしにされ、最終的には精神科に送られる患者が多いんです。そこで言われるのは心因性の反応です」

「心因性？」

「心の問題だということです。つまり、気のせいだと」

「そんな……」

「ひどいでしょう。病気を治すべき医師が、苦しんでいる患者さんに気のせいだと言うんですからね。そのため、治療が遅れて寝たきりになる患者さんも出ています。そういう意味で、最初に私のところに来られたあなたの判断は正解と言えます」

希美はほめられて照れ笑いをした。池永が表情を曇らせて続ける。

「MARDS《マーズ》は最近、メディアでも取り上げられていますが、まだまだ世間には知られていません。そのためミシュリンの副作用で苦しむ多くの患者さんが、正しい診断を受けられないまま放置されているのです。ひどい場合はカイロプラクティクや、ジム通いを勧められたり、怪しげなサプリメントをのまされたりしています」

「そうなんですか」

「医師としては心を痛めざるを得ない状況です。私は少しでもMARDS《マーズ》で苦しむ患者さんを救いたいと思っています。ですが、医師の中にも不勉強な者がいて、ミシュリンの副作用を認めない者もいるんです。実に嘆かわしい」

池永の口調が熱を帯びはじめる。希美は熱心に耳を傾けていたが、長引きそうだったので、言葉の切れ目を捉えていちばんの気がかりを聞いた。

「あの、それで、わたしの病気は治るのでしょうか」

「もちろんですよ。しかし、完全に治すには専門的な治療が必要です。私が所属する医局の教授がパイオニアですから、紹介状を書きますよ。新帝《しんてい》大学の佐々田要一《さ さ だ よういち》先生です」

そう言って、池永は紹介状を書いてくれた。佐々田の診察日まで日にちがあるので、つなぎに安定剤を処方してくれた。当面はそれで発作は抑えられるだろうとのことだった。

6

翌日、希美はいつも通りに出勤した。池永の処方のおかげか、左腕の硬直は昨日の午後から徐々にましになり、夜にはすっかりふつうにもどった。呼吸も楽にできる気がする。しかし、なんとなく全身がだるく、足の裏の感覚もおかしくて、マンションを出るとき靴がうまくはけなかった。

教務課に行くと、先にタイムカードを押していた川野が振り返って言った。

「小山さん、昨日、病院に行ったらしいわね。大丈夫なの」

「沼尾市のリバティ総合医療センターに行ってきました。専門の先生がいるとネットに出てたので」

「で、診断はどうだった」

「やっぱりミシュリンの副作用でした」

話を聞きつけて、柴田や金子たちが集まってくる。

「ひどいね。その注射をしたクリニック、訴えてやりなよ」

同僚のひとりが言うと、柴田が早口に説明した。

「あたし、ちょっと調べたんだけど、ミシュリンの副作用で起こる病気は、マーズっていうらしいよ。声が出なくなったり、過呼吸のほかに、筋肉が萎縮したりもするみたい。マーズは新帝大学の佐々田って教授が権威らしいけど、小山はそのマーズなの？」

「そう言われました。それで来週、その佐々田先生に診てもらいに行くんです」

「そのほうがいいわね。重症にならなければいいけど」

川野が言うと、金子があごを引きながらだれに言うともなくつぶやいた。

「ネットに出てましたけど、そのマーズの患者には、けっこう心理的な症状の人もいるらしいですね」

「心理的な症状って？」

別の同僚が聞くと、金子は声のトーンを落として答える。

「ほんとはミシュリンは関係ないのに、自分でそう思い込んで症状が出てしまうってことみたいです。心因性？　とかいうらしいですけど」

心因性――。池永もそんなことを言っていた。希美はなぜか不安になる。

柴田が半信半疑の顔で訊ねた。

「ミシュリンが関係ないのに、症状が出るってどういうこと？　おかしいじゃない」

「副作用がメディアでいろいろ取り上げられてるから、注射を受けた人が自分もそうじゃないかって思い込むらしいです。連鎖反応とか自己暗示みたいなものがあるそうですよ。心理状態の不安定な人に起こりやすいみたいですけど」

ますます希美は不安になる。ふだんあまり意見を言わない希美は、金子から見れば心理状態が不安定に見えるのかもしれない。ほかの同僚も同じように思っているのか。金子に反論する者はだれもいない。

そのとき、川野が改まった口調で金子に聞いた。

「じゃあ、小山さんの症状は仮病《けびょう》だって言うの？」

「いいえ。そんなことはぜんぜん」

金子は慌てて否定したが、川野は容赦しなかった。

「わたしは救急車にも付き添ったからよく見てたけど、小山さんの症状は演技でもなんでもなかったわよ。第一、小山さんは発作を起こしたときには、ミシュリンの副作用のことは知らなかったのよ。それで連鎖反応を起こすはずないでしょう」

「ですよね」

金子は自分の頭を小突く真似《まね》でおどけて見せた。川野のひとことで、希美の発作が心因性のものではないという共通認識が広がったようだ。希美は密かに安堵する。

事務局の扉が開き、男性教員が書類を持って入ってきた。教務課に近づき、立っている職員たちの中に希美がいるのに気づいて声をかけてきた。

「小山さん。この前はたいへんだったね。もう大丈夫なの」

社会福祉学科の藤木《ふじ》聡《きさとし》准教授だ。イケメンの独身で、性格も気さくなので事務局の女性職員にナンバーワンの人気を誇っている。希美も密かに憧れの気持を抱いていた。

柴田が素早く反応し、いそいそとしゃしゃり出る。

「藤木先生。教務課に何かご用ですか。休講？　試験の日程？　それとも公開講座の件ですか」

「補講の日程申し込みなんだけど」

「それなら、わたしが担当です」

希美がおずおずと声をあげると、藤木は柴田たちを素通りして、申し込みの書類を希美に渡した。ぐっと顔を近づけ、ささやくように言う。

「でも、無理しないでね。もし、調整がむずかしかったら、僕のほうでももう一度日程を考えるから」

「はい……」

「いいないいな。藤木先生に優しくしてもらって」

柴田がわざとスネて見せる。藤木は困ったような笑いを残して、事務局を出て行った。

希美は渡された書類を見たが、文字が目に入らなかった。藤木の声には今まで感じたことのない優しさが込められていた。柴田が羨ましがるのも無理はない。金子もきっと悔しがっているだろう。なんだかいい気分だ。希美は、発作を起こす前よりも自分が健全になった気がした。

7

翌週の水曜日、希美は仕事を休んで新帝大学病院に診察を受けに行った。

受診の前に、佐々田の画像をネットで調べると、ダブルの白衣を着こなし、豊かな半白髪をオールバックに整えている写真が多かった。銀縁眼鏡の風貌《ふうぼう》は知的で、シャープな頬は若々しく、とても六十歳を超えているようには見えない。池永によると、佐々田は日本でも有数の神経内科医で、研究面でもすばらしい実績を挙げているとのことだった。

新帝大学病院は、JRの品川《しながわ》駅からタクシーで十五分ほどのところにあった。正面にステンレスの広い庇《ひさし》が迫り出し、両翼が直線で構成された近代的な建物で、ロビーはガラス張りの吹き抜けだった。初診の手続きを終えたあと、希美は長いエスカレーターで二階の神経内科の外来に向かった。

待合室には二十人ほどの患者が座っていた。一時間ほど待って名前が呼ばれ、診察室に入ると佐々田がにこやかに迎えてくれた。

「池永君からの紹介の人ですね。お待たせしました」

佐々田は思いのほか小柄で、気さくな感じだった。眼鏡の奥で微笑む目は優しそうで、声には包み込むような響きがある。

「ミシュリンの注射を受けたのは、今から十二日前、と」

紹介状を見ながら、佐々田が病歴と発作の内容を確認する。

「ミシュリンの副作用では失神するケースも多いです。またいつ発作が出るかわからないので、車椅子を使ったほうがいいですね」

看護師に命じて車椅子を持って来させる。そんな大袈裟なと思ったが、看護師に促され希美は車椅子に座った。

「これで安心だ」

微笑む佐々田に、希美は訊ねた。

「あの、自宅や職場でも車椅子にしないといけないんでしょうか」

「いやいや、取りあえずは院内だけでいいですよ。病院の床は滑りやすいから」

釈然としなかったが、それ以上は聞けなかった。

佐々田は希美の胸にていねいに聴診器を当て、のどや腕の筋肉を診察したあと、厳かに言った。

「MARDS《マーズ》にまちがいありません。症状は中等度というところでしょうか。まだ注射から日数がたっていませんから、別の症状が現れる可能性もあります」

「この病気は治るんでしょうか」

「もちろんです。しかし、すぐにというわけにはいきません。取りあえずは池永君のところで処方された安定剤でいいでしょう。心配でしたらこれをお読みください」

佐々田が取り出したのはカラー印刷のパンフレットだった。

「ミシュリンの被害者の会が出しているパンフレットです。そこにいろいろなケースが出ていますから、参考になるでしょう」

「被害者の会のホームページは見ました」

「『レインボー』のページをご覧になったんですか。それなら話が早い。事務局長が熱心な方でね。大河内《おおこうち》真由美《まゆみ》さんといって、彼女も被害者です。もしよかったら、小山さんもレインボーに入りませんか。私もオブザーバーとして参加しています。勉強会もありますから、何かと参考になりますよ」

希美はパンフレットをパラパラとめくりながら、「はあ」とうなずいた。

「患者さんはみなさん、同じようなことを心配されます。そんなとき、経験者に話を聞くと安心できます。レインボーは情報交換には最適の集まりだと思いますよ」

「……じゃあ、わたしも考えてみようかしら」

「ぜひお勧めします。私からも大河内さんに連絡しておきますから」

診察が終わると、看護師に車椅子を押してもらってロビーにもどった。支払いを終えたあとは、車椅子を病院に返して自分の足で歩いた。別に転倒しそうな感じはない。

病院を出たところで、希美は憂うつなため息をついた。

なんだか面倒なことになった。レインボーとか、ややこしい団体には加わりたくない。しかし、佐々田は熱心そうだったから、理由もなく断るのは気が引ける。そうだ、池永に相談してみよう。

希美はそう思ってそれ以上考えるのをやめた。

8

日曜日の午後、希美は新幹線で東京に向かっていた。

「ミシュリン被害者の会・レインボー」の勉強会に出席するためだ。

佐々田の診察を受けたあと、希美はお礼と報告を兼ねて池永に電話をかけた。佐々田からレインボーへの参加を勧められたが、どうしようか迷っていると伝え、できればパスしたいという雰囲気を出したが、逆に参加を強く勧められた。

「患者さんはみんな仲間です。レインボーは信頼できる組織ですから、イザというときには心強い味方になってくれますよ」

そう言われると、言葉を返せなかった。態度を曖昧《あいまい》にしたまま電話を切ると、翌日の夜、事務局長の大河内から電話がかかってきた。希美は驚き、恐縮しながら応対したが、最後は半ば押し切られる形で勉強会への出席を了承させられた。

会場は丸《まる》の内《うち》の東京国際フォーラムの会議室だった。エレベーターで七階に上がり、吹き抜けの通路を通ると、会場の前に受付のテーブルが出ていた。

「佐々田先生のご紹介で来ました小山希美です」

名乗ると、受付の女性が「少々お待ちください」と席を立った。会議室から派手な顔立ちの女性を伴ってもどってくる。

「事務局長の大河内です。ようこそいらっしゃいました。会員登録をしていただきますから、どうぞこちらへ」

言われるまま会場に入り、書類に必要事項を記入させられた。まるで既定の手続きのようだった。終わったあと、後ろのほうに座り、希美はひとりため息をついた。

近くに似たような年恰好の女性がいて、目が合うと希美に声をかけてきた。

「新しく入会した人？」

「あ、はい」

女性は時任《ときとう》サキと名乗り、自分も佐々田にＭＡＲＤＳ《マーズ》と診断されていると言った。色白で真っ黒なショートボブに、切り裂いたような鋭い目をしている。

「あなたはどんな発作が出たの」

希美は声が出なくなったことや左腕の硬直などを話した。

「わたしは過呼吸と失神発作。だから、調子が悪い時には車椅子を使うように言われてる」

車椅子は自分だけではなかったのかと、希美は少し安心した。サキはレインボーが発足したころからの会員で、愛想はよくなかったが、希美を気に入ったらしく、となりの席に移ってきた。希美も心細かったので、サキの好意はありがたかった。

やがて時間になり、大河内が開会に先立って事務連絡をした。現在の会員は、患者が四十四名、家族が二十八名で、オブザーバーとして医師、看護師、弁護士などが十六名とのことだった。関係者席には佐々田だけでなく、池永も座っていた。彼もレインボーの理事らしい。希美が相談したとき、入会を勧めたのも当然だ。

今日は三人の講話があるらしかった。

最初はレインボーの会員で、ＭＡＲＤＳ《マーズ》の患者でもある安本誠司《やすもとせいじ》という男性だ。黒縁眼鏡にワイシャツ姿で、背は低いがかなり太っている。年齢は三十代後半だろうか。マイクを握ると、安本は神経質そうな声で早口にしゃべった。

「ミシュリンの注射を受けてからというもの、僕の人生は苦悩の連続になりました。佐々田先生にMARDS《マーズ》の診断をつけていただくまで、どれほど苦しみ、疎外感を味わってきたことか。明らかに異常があるのに、医者はきちんと診察してくれず、気のせいだとか、性格の問題だとか言われて、深く傷つきました。ほんとうに腕が動かなくなっているのに、仮病を疑われ、待合室の扉がいきなり開いて、動かしていないかどうか見られたりしました。ものが飲み込めないと訴えると、さっき唾を飲み込んでましたよと疑われたりもしました」

安本の訴えは微に入り細を穿《うが》つようだったが、聴衆は同情の面持ちで聞いている。

「僕はMARDS《マーズ》のせいで会社にも行けず、同僚にも迷惑をかけて、いたたまれない気持でいるんです。あの注射さえ受けていなかったらと思うと、悔しくてなりません。健康だったころの僕を返してほしい。かけがえのない時間を奪った製薬会社と、いい加減な安全確認でミシュリンを認可した国を断じて許せない。同じ苦しみを背負ったみなさん、並びに我々を支援してくださるみなさん、力を合わせて正義のために闘いましょう」

最後は怒りに震える声で、安本の話は終わった。

次に登場したのは、薬害救済オンブズパーソンの権藤健介《ごんどうけんすけ》という弁護士だった。腹の出た中年男性で、濃い髪に濃い眉毛、膨れた頬に分厚い唇は見るからに暑苦しい。権藤の話は講話というより演説のようだった。

「みなさん。ミシュリンの薬価は、抗ウイルス剤としては破格の、一バイアル三万七千六百二十円もするんです。年間売り上げは一千億円に達し、販売元の安政《あんせい》ファーマシーにとっては、まさに黒いブロックバスター、疑惑の大ヒット商品です」

　具体的な数字に、会場から憤りのため息が洩《も》れる。

「これだけ重篤な副作用が出ているのに、ミシュリンを使い続ける医師は、恥ずべき金儲《かねもう》け主義者と断じねばなりません。ところが、彼らはＭＡＲＤＳ《マーズ》は心因性だと言い張り、己の悪行を正当化しようとしているのです。中でも許せんのは、国立神経症センターの佃俊雄《つくだとしお》神経科部長です。彼はＭＡＲＤＳ《マーズ》を心因反応だと決めつけ、結果ありきのデータを出そうとしています。ミシュリンの副作用で苦しんでいる患者さんがいるのに、寄り添う気持を示さない佃氏は、医師にあるまじき冷血漢と言わねばなりません」

　会場からは拍手が起こった。佃という医師は、どうやらレインボーの仇敵《きゅうてき》と見なされているようだ。

「国と製薬会社は、徹底して賠償責任を果たすべきです。レインボーでは準備が整い次第、薬害訴訟を起こす予定です。請求賠償額は一人当たり最低でも三千五百万円。重症の患者さんには五千八百万円、総額二十四億一千四百万円を予定しています。敵は簡単には非を認めないでしょうが、理は我が方にありです。ミシュリンの被害に苦しむすべての人に、十分な補償を勝ち取るまで、我々は闘いの手を緩めないつもりです」

　会場から盛大な拍手が起こり、権藤はダブルのスーツに包んだ身体《からだ》を揺すりながら席にもどった。

　最後は社生党《しゃせいとう》の小菅千真子《こすがちまこ》議員だった。コメンテーターとしてテレビにもときどき出ている参議院議員で、希美も顔は知っている。

「みなさん。ミシュリンの認可には、重大な疑惑があります。ミシュリンの薬事承認に携わる研究班のメンバー五人に、安政ファーマシーから一人当たり四千万から五千六百万円の奨学寄付金が提供されているんです。これって明らかに利益相反でしょう。さらに、承認を担当する医薬品医療機器総合機構に送られた書類には、『大臣案件』という文言が入っていることも判明しています。おまけに、厚労省が集計したミシュリンの副作用の患者数が、実際よりも少なく公表されている疑いも報告されているんです。集計のどこかで数字が書き換えられたんです」

　小菅の甲高い声に、会場からさっき以上に強い怒りの蒸気が立ち上る。

「この問題は、いずれ国会でも取り上げるつもりです。政府の欺瞞《ぎまん》はぜったいに許しません。製薬会社、医療業界、厚労省の癒着は徹底的に追及します。みなさん、最後まで頑張りましょう。では、ごいっしょに、頑張ろう！　頑張ろう！　頑張ろう！」

　小菅が拳を突き上げると、参加者たちもシュプレヒコールに唱和した。

　終了後、大河内が希美を呼びに来た。関係者席で佐々田が手招きをしている。

「今日の勉強会、いかがでしたか」

「はい。あの、いろいろ参考になりました」

　希美が座ると、池永が笑顔で近づいてきた。

「この前の電話では、なんだか強引に勧めたみたいになって、申し訳ありませんでした」

「いえ、そんな。今日は参加してよかったです」

「そう言っていただけると私も肩の荷が下りますよ。権藤先生の講話でもおわかりでしょうが、ミシュリンの被害はまだまだ広がっています。なんとかそれを止めなければならない。そのために、我々の会でちょっとした企画を立てているのです」

池永は横にいた小菅に、「ねえ」と同意を求めた。権藤も後ろに控えている。希美はいつの間にか、レインボーの幹部たちに囲まれた形になっていた。

小菅がていねいな物腰で希美に説明した。

「わたしの知り合いにキャピタルテレビの番組プロデューサーがいまして、今度、特番でミシュリンの被害を採り上げてくれるんです。実際に副作用で苦しんでいる患者さんに出演してもらおうと思うのですが、ぜひ小山さんにも出ていただければと思いまして」

えっ、と希美は顔を上げる。テレビになんか出たくない。とても無理と断ろうと思っていると、返事を伝える前に小菅が続けた。

「テレビと言っても身構えることはないんです。顔出しがNGなら、モザイクをかけますし、声も変えます。佐々田先生にうかがいましたが、小山さんは失声と過呼吸の副作用が出たのでしょう。テレビではできるだけいろいろな症状を提示したいので、ぜひお願いします」

「でも、わたし、目立つことが苦手だし、すぐ緊張する質《たち》だから」

やんわり断ると、佐々田が優しげに微笑んだ。

「そのほうがいいんですよ。堂々と副作用を主張するより、緊張しているほうがリアルですから。診察のときと同じように、声が出なくなった経緯を話してくれればいいんです」

大河内も笑顔で続く。

「ありのままで大丈夫です。取り繕ったり、大袈裟にアピールするのは、かえって逆効果になりますから」

「でも、わたしには大役すぎます。テレビに出るなんて考えたこともないですし」

なんとか辞退できないかと言葉をさがしていると、大河内が熱意を込めて言った。

「気持はわかります。でも、何事も経験よ。さっき横にいた時任さんも出るの。彼女は自宅でお母さまが発作の現場を録画していて、そのビデオがオンエアされるんです」

後ろに座っていた権藤が、腕組みしながらつぶやく。

「わしなんかテレビから声がかかったら、ホイホイ出るがなぁ。知り合いにも自慢できるし。ハハハ」

気楽そうに笑う。池永があとを引き取った。

「テレビは影響力が大きいから、ミシュリンの副作用を知ってもらうにはいいチャンスなんです。せっかくの機会なので、できるだけいろいろなケースを紹介したいんです。佐々田先生も私も出ます。雰囲気は今日の会と変わりませんよ」

小菅がふたたび真剣な顔で説得する。

「これ以上、犠牲者を増やさないためにも、なんとかお願いできないでしょうか。みんなで力を合わせないと、巨悪は倒せないんです。撮影がドタキャンになってもいいから、取りあえずスタジオに来ていただけませんか」

多勢に無勢で断ることはできなかった。希美は追い詰められた気持で、仕方なく出演を承諾した。

9

番組の放送は木曜日の午後八時からだった。

「キャピタルテレビスペシャル　実録・ミシュリン薬害の闇」

希美は定時に帰宅し、早めに夕食を終え、予約録画をセットしてテレビの前に座った。どんなふうに映されるのか。顔は見えないようにしてもらったが、それでも自分がテレビに出るなんて信じられない。不安もあるが、少し鼻が高いような、ふわふわ落ち着かない気分だ。

収録は土曜日の朝からだった。テレビ局の人はみんな優しかった。スタジオに行くと立派な楽屋が用意されていて、まるでタレント扱いだった。撮影はインタビュールームで、ふつうの椅子ではなく車椅子で行われた。それは佐々田の指示らしい。途中、カメラが何度かいきなり近づいてきて、危うく声が出なくなりかけたが、なんとか堪《こら》えることができた。

番組がはじまると、希美は思わず両手を握りしめて身を乗り出した。アイドルタレントがMCを務め、佐々田や池永、小菅もゲスト出演している。初っぱなに患者の実録映像が流された。トップバッターはベッドで寝たきりになっている三十代の女性だ。家で撮られたらしく、後ろに書棚やクローゼットが映っている。モザイクなしの女性の顔は筋肉が下に引っ張られたように強ばり、身体全体がやせて腕を持ち上げることもできないようすだった。

　大河内の声で説明が入る。

『この女性はミシュリンの注射を受けたあと、手足の筋肉がやせ細り、歩行もできない状態になりました。はじめに受診した病院では筋《きん》萎縮性《いしゅくせい》側索硬《そくさくこう》化症《かしょう》と誤診されました』

　次に出たのは、ソファの上で両膝に手をつき、激しく胸を上下させる女性だ。徐々に呼吸が激しくなり、立ち上がって部屋の中をうろつきはじめる。『ちょっと、どうしたの。危ない』と、母親の悲痛な声が入る。次の瞬間、女性はふいに腰砕けになって、床に倒れ込んだ。失神発作だ。顔にはモザイクが入っているが、たぶん時任サキだろう。

『彼女は頻繁に過呼吸の発作を起こし、このように何度も意識を失っています。そのたびに救急車で病院に運ばれ、入院を余儀なくされています』

　続いて希美の再現ＶＴＲが流された。ホテルの宴会場らしき部屋で、懇親会の場面が演じられる。ビンゴゲームの用意が整ったところで、希美に扮した女性がにこやかにステージに上がった。ゲームの開始を告げようとして声が出ず、女性は恐怖に顔を引きつらせる。何度もマイクに向かって口を開くが声は出ず、呼吸困難になって胸を掻《か》きむしる。再現ＶＴＲが放映されるのは聞いていたが、あまりにオーバーな演技で、希美は気恥ずかしくなってしまう。

　そのあとでインタビューが流された。暗い部屋で胸から下だけ光が当たり、顔は影になって見えない。声も変えられている。

『声が出なくなったときは、怖くて、このまま死ぬかと思いました。……はい、クリニックでは何の説明もなく、ミシュリンを打たれました。こんな副作用があるって知ってたら、断ったと思います』

あんなことを言っただろうか。まったく覚えがない。インタビューは三十分以上あったのに、オンエアは一分にも満たなかった。

「これで終わり？　なんか呆気《あっけ》なかったな」

希美は思わず声に出してつぶやいた。

画面では、スタジオ出演をOKした患者たちが登場した。特別席の中央に四人が並ぶ。車椅子の女性が二人、もう一人は松葉杖《まつばづえ》をつき、唯一の男性はスタッフに支えられている。

『みなさん、今の率直なお気持を聞かせていただけますでしょうか』

ホテルマンみたいなジャケットを着たMCが、神妙に問いかけた。

四十代の化粧っけのない女性が、マイクを自分のほうに引き寄せて答える。

『わたしは腕と脚の筋肉が強ばって、立つこともできないし、食事をするのも、ものすごく苦労するんです。ミシュリンのせいで、生活に大きな困難を強いられています。目も疲れやすくて、本もまともに読めないんです』

同じく四十代の松葉杖の女性は、頰が強ばってうまくしゃべれないようすだが、震える声で懸命に答えた。

『わたしは、ミシュリンの副作用で、頭痛、めまい、聴覚過敏、生理不順、不眠、吐き気と、失神発作が起きました。病院は十カ所以上行きましたが、診断がつかず、お医者さんに、気のせいだと言われて、つらかったです。正直、もう、病院には、行きたくありません。何を信じていいのか、わからないから』

スタッフに支えられた三十代の男性は、荒い呼吸で声を絞り出した。

『僕は、走るのが趣味で、東京マラソンにも四回、参加したんです。もう、少しで、四時間を、切れるとこだったのに、ミシュリンのせいで、もう無理です。悔しい。何も悪いことは、していないのに、どうして、こんなに、苦しまなければならないのか、だれか、教えてほしい……。そんな気持です』

スタジオに参加している視聴者も静まり返り、ハンカチで目元を拭う女性もいる。

そのあと、佐々田や池永が専門的な解説を加え、ミシュリンの副作用に苦しむ被害者を一刻も早く救済する必要があるというメッセージを伝えて、番組は終了した。

10

翌朝、いつも通りに出勤すると、守衛室を通りすぎたところで、希美は妙な雰囲気を感じた。それまではだれにも注目されない存在だったのが、何か特別な空気に包まれているような気がする。

事務局に入ると、柴田や金子たちがいっせいに寄ってきた。

「昨日の番組、見たよ」

「インタビュー受けてたの、小山先輩でしょう」

川野もゆっくりと近づいてくる。希美は自分がとぼけているのを自覚しながら問い返した。

「なんでわかったんですか。顔は見えないようになってたのに」

「そりゃわかるわよ。あの再現ＶＴＲ、浄星会のビンゴゲームそのものだったじゃない」

川野が言う。番組のことはだれにも話していなかったが、みんなテレビの番組表でミシュリンの特番と出ていたのを見たようだ。

「小山先輩、再現ＶＴＲを作ってもらえるなんて、すごすぎ」

金子が媚《こ》びるように感心する。ほかの同僚も口々に聞く。

「テレビ局ってどんな感じ？」

「タレントとかいた？」

「スタジオって暑いんでしょ」

「わかりません。ずっと楽屋にいたから」

辛《かろ》うじて答えると、柴田がすかさず反応した。

「楽屋って、それがすごいじゃない。小山、もう芸能人じゃん」

どう否定していいのかわからない。恥ずかしいけれど、今まで感じたことのないむずがゆい快感に包まれる。

川野がみんなをたしなめるように言った。

「そんなに騒ぎ立てるのはよくないよ。小山さんはミシュリンの副作用の被害者なんだからね」

「あ、そうでした」

柴田がひょうきんな表情で舌を出して見せ、みんなを笑わせた。

ありがとう、川野先輩。

心の中で礼を言ったとき、希美はふいに教務課における自分のポジションが上がったような気がした。それまで目の上のコブのようだった金子の存在が遠のき、不快感が霧散する。何だろう、この変化は。

異変は昼休みにもあった。トイレに行こうとすると、健康心理学科の教授がすれちがいざまに声をかけてきた。

「ミシュリンなんかに負けるなよ。応援してるから」

えっと思ったが、教授はそのまま行き過ぎた。これまで仕事以外で口をきいたことのない相手だ。

仕事を終えて帰るときも、校門の近くで四人の女子学生が希美に近づいてきた。

「小山さんですよね。昨夜のキャピタルテレビスペシャル見ました」

「今は声は出るんですか」

どうして知っているのかと驚いたが、相手が学生なので、少しは余裕をもって答えることができた。

「ありがとう。今は大丈夫よ」

「よかったぁ」

「頑張ってください」

「発作が出ないように祈ってます」

希美はぎこちなく微笑んで、そそくさと門を出た。

（大学の有名人じゃない……）

うれしいのか恥ずかしいのかわからないが、なんだか足が地面から五センチほど浮いている気分だ。

マンションに帰り、夕食をすませてくつろいでいると、スマートフォンに見覚えのない番号の着信があった。恐る恐る出ると、「テレビ、見てる？」と、引きつった声が飛び出した。昨日の特番に松葉杖をついて出演していた津田厚子《つだあつこ》という女性だ。収録のあと、打ち上げでとなりの席になり、連絡先を交換したのだった。彼女は結婚しているが、子どもはおらず、ミシュリンで身体を悪くするまではホテルの客室清掃のパートをしていたとのことだ。

「どのチャンネルですか」

「昨日と同じキャピタルテレビよ」

スイッチを入れると、夜の報道番組「ミレニアム21」が、ミシュリンの副作用問題を取り上げていた。昨夜の放送が高視聴率をマークしたせいだろう。画面に派手な巻き毛の大河内事務局長が大写しになっている。

スマートフォンから聞こえる津田の声は、強ばってはいるが弾んでいた。

「大河内さん、大活躍よ。昨夜の放送のあと、ミシュリン被害の人から電話が殺到して、事務局はパンク状態らしいの。やっぱり、テレビの影響力はすごいわ。MARDS《マーズ》の知名度も急上昇よ」

画面では昨夜の実録映像がダイジェスト版で映されている。番組の司会者もコメンテーターも、全員、大河内の味方のようだ。当然だろう。薬の副作用に苦しむ被害者の映像を目の当たりにして、反論することは許されない。

「レインボーへの参加申し込みも、すごいんだって。大河内さんはうれしい悲鳴よ」

津田はうまく舌がまわらないことに苛立《いらだ》ちながらも、上機嫌なようすで言い、さらに誇らしげに付け加えた。

「わたし、レインボーのスタッフに、入れてもらったの。ヒラの会員じゃなくて、一段上のランク。これから忙しくなるわ」

11

シンポジウムの開始までまだ二十分以上あるのに、客席はすでに八割方埋まっていた。

「ミシュリン問題を考える」と題されたレインボー主催の市民公開講座である。

希美は入口で出会った時任サキに誘われて、いちばん後ろの端の席に座った。

しばらくすると、ステージから津田厚子が松葉杖をつきながらせかせかと近づいてきた。

「小山さんに時任さん。こんなとこに座ってないで、もっと前のほうに座ってよ」

横を見るとサキが首を振ったので、希美は「ここでいいです」と答えた。

「レインボーの会員でしょ。前に行ってシンポジウムを盛り上げないと。わたしたちが動かないと、世の中、何も変わらないのよ」

再度、サキを見ると白けた顔で目を逸らしている。希美が愛想笑いを浮かべると、津田はこれ見よがしのため息を吐《つ》いた。

「あんたたち、意識が低すぎよ。もっと社会にコミットした視点を持たないと」

言い終わらないうちに、またせかせかとステージにもどって行く。

「あのオバサン、えらく張り切ってるね。あんだけ速く歩けたら、松葉杖なんかいらないんじゃない」

サキが冷ややかな声で言う。そういえばしゃべる口調もかなり滑らかになっている。津田は先輩スタッフらとともに、シンポジウムの裏方を担当しているようだった。

サキが背もたれに身を沈めて低く聞いた。

「このごろ発作はどう」

「大丈夫」

足の裏の違和感や、身体のだるさはあるが、池永が処方してくれた安定剤のおかげで、発作らしいものは起きていなかった。

「今日は例の佃って医者も講演するんだよね。覚えてる？」

プログラムには国立神経症センターの神経科部長、佃俊雄の名前もあった。勉強会で権藤が名指しで批判した相手だ。シンポジウムでは公平性を保つために、ミシュリンの副作用に否定的な意見も聞くらしかった。そんなことをして、ＭＡＲＤＳ《マーズ》が否定されたらどうするのか。希美は心配したが、サキは不安より不快さのほうが先に立つようだった。

やがて時間になり、大河内が開会の挨拶をした。

最初に登壇したのはリバティ総合医療センターの池永だった。彼はテレビで特番が放映されて以来、全国でミシュリンの使用量が激減していることを誇らしげに報告した。

「ようやく我々の活動が世間に周知されたようです。新たな犠牲者は減りつつありますが、過去にミシュリンを打たれ、副作用に苦しむ患者さんは今なお少なくありません。情報の行き渡っていない地域もあります。我々は決して活動を止めるわけにはいきません」

続いて社生党議員の小菅が登壇し、勉強会でも話した製薬会社と研究班の癒着、厚労大臣からの圧力、厚労省の集計の不正疑惑などを甲高い声で告発した。

三番目が佃だった。どんな医師かと思っていると、髪の薄い小太りの男性が壇上に現れた。自己紹介のあと、冷静な調子で話しはじめる。

「ミシュリンの副作用とされる過呼吸や失声などは、神経科的にはありふれたものです。女性によく見られる症状で、ミシュリンを使用していない患者にもふつうに発症します。たまたまミシュリンを打ったあとに発作が出ても、因果関係が証明されるわけではないのです」

佃の講演は論理的かつ明快だった。

「ＭＡＲＤＳ《マーズ》の病状は明らかに神経系の異常ですが、抗ウイルス剤が神経に影響を及ぼすことはありません。MARDS《マーズ》にはエビデンスもないし、診断基準もないのです。あるのは感情的な論調と、社会現象化された〝薬害〟という幻影だけです」

　ミシュリンの副作用を真っ向から否定するものだったが、佃は強弁することなく、穏やかに講演を締めくくった。

　最後に佐々田が登場し、にこやかにマイクの前に立った。佃の講演で苛立っているかと思いきや、余裕の表情で持論を展開した。

「MARDS《マーズ》は明らかにミシュリンが原因で、抗ウイルス剤が神経症状を引き起こすことは、医学的にも十分に説明がつきます。私は二百人以上のMARDS《マーズ》の患者を診察しましたが、いずれも抗ウイルス剤に特有のアレルギー反応が見られました。彼らこそがエビデンスであり、診断基準の根拠になるものです」

　希美にはむずかしいことはわからないが、第一部は意外に穏やかな雰囲気で終わった。サキはなんだか退屈そうで、休憩の間もほとんど口をきかなかった。

　第二部は四人の演者によるパネルディスカッションである。

「ここからはパネリストのみなさんに、自由に発言していただこうと思います」

　大河内がシンポジウムの再開を告げると、池永がまずマイクを持って、佃をのぞき込むように質問した。

「佃先生の調査では、発作を起こしているのは心理的に問題のある患者が多いとのことですが、根拠はあるのですか」

「もちろんです。我々の調査では、患者はおしなべて内なる欲求不満を抱えていました。注目されたいけれど目立つのはいやとか、他人の目は気にしたくないけど、人にはよく思われたいとかいう二律背反ですね。ほかにも、家庭環境に問題のある人や、仕事上のストレスを抱えている人も同じ傾向が見られました」

「つまり、発作は当人たちのメンタルの問題だと」

「そうですね」

「ちょっといいですか」

小菅が割り込むように発言を求めた。

「ミシュリンの副作用に苦しむ患者さんたちは、精神的な問題だと言われるのがいちばんつらいんです。ひどい症状が出ているのに、本人が悪いみたいに言われるんですよ。そんな残酷な話がありますか」

佃が反論する。

「調査した患者の中には、ほんとうに発作が起きたのかどうかわからないと、自ら証言する人もいます。ミシュリンの副作用は解離性障害、いわゆるヒステリーの一種で、実体のないものかもしれないんです」

「MARDS《マーズ》の症状は演技だと言うんですか。許せない。あまりに患者を蔑《ないがし》ろにしすぎです」

小菅が金切り声をあげると、佐々田がマイクを取り、「まあまあ」と取りなしてから佃に問うた。

「佃先生は薬害は幻影だとおっしゃいましたが、MARDS《マーズ》の原因がミシュリンでないと証明できるのですか。私の患者の多くは、それまで一度も発作を起こしていないのに、ミシュリンを打ってからさまざまな発作に苦しむようになっています。やはりミシュリンが原因と考えるのが妥当ではないですか」

佃が答える。

「通常の過換気症候群では血液検査でアルカローシスが見られますが、MARDS《マーズ》の過呼吸ではそれが見られません。いわゆる偽症状《ぎしょうじょう》ですね」

「原因は何です」

「さまざまな不満を抱える精神的な素地です」

「やっぱり本人の心の問題というわけですね。精神が弱いから苦しむんだ、そういう言い方が発作に苦しむ患者をいちばん傷つけるということが、あなたにはわからないんですか」

「何も私は……」

弁解しかけると、池永が遮るように声を高めた。

「あなたは医師として恥ずかしくないんですか。目の前に発作に苦しむ患者がいて、呼吸困難に喘《あえ》ぎ、食事もできず、夜もまともに眠れない日々が続いているのに、それを本人の心の問題だと決めつけて、見放すんですか」

「いや、私は決してそんなつもりは……」

小菅も佃に最後まで言わせず続く。

「家族も苦しんでるんですよ。大切な身内がひどい発作に見舞われて、それだけでもつらいのに、家族関係や家庭環境に問題があるみたいに言われて、心がズタズタにされてるんです。患者さんは医者を信じて治療を受けたのに、どうしてこんな悲惨な目に遭わなければならないんですか」

小菅は感極まって涙声になる。会場から激しい怒りの熱気が立ち上る。

佃は感情的な攻撃に対抗すべく、自身も声を荒らげた。

「レインボーが出している調査結果は偏ってるんですよ。自分たちに都合のいい症例をクローズアップして、世間を煽《あお》っているんです」

これには進行役の大河内が嚙《か》みついた。

「わたしたちの調査が公正でないとおっしゃるんですか。それこそひどい言いがかりです。わたしたちは事実をありのまま報告しているだけです。取り消してください」

佃が反論しかねているのを見ると、佐々田がおもむろにマイクを取った。

「私はとあるところから聞いたのですが、佃先生は、安政ファーマシーから食事の接待を受けたそうですね。事実でしょうか」

会場の雰囲気が急変した。ミシュリンの副作用を否定する医師が、販売元の企業から接待を受けたとなると、癒着が疑われても仕方がない。佃は懸命に平静を保ちながら答えた。

「会食はしましたが、疚《やま》しいことはいっさいありません」

「その場には若い女性も同席していたとか」

「それは先方のMR、営業担当です。誤解を招くような言い方はやめてください」

佃は決然と否定したが、佐々田はそれを無視して続けた。

「まあ、医師の仕事をしていれば、製薬会社との付き合いもあるでしょう。知らないうちにしがらみや貸し借りも生じるかもしれません。しかし、医師が立場を利用して製薬会社を喜ばせるような姿勢を見せるのは感心しませんな」

池永と小菅も交互に追撃する。

「安政ファーマシーは、何の落ち度もない患者さんを犠牲にして利益を上げているんですよ。その片棒を担いで良心に恥じないのですか」

「今、医師のなすべきことは副作用の否定ではなく、目の前の患者さんの苦しみを少しでも和らげることではないんですか」

「理由はどうあれ、あなたは弱い立場の患者さんに対する思いやりが欠けている。そのことをまず指摘したい。あなたはＭＡＲＤＳ《マーズ》の患者さんを治療していないでしょう。調査はしたけれど、症状を治そうとはしていない。ちがいますか」

厳しい追及に佃は困惑の表情になる。会場からも怒りの声が上がる。

「それでも医者か」「患者の苦しみを理解しろ」「おまえは製薬会社のまわし者か」

一人の太った男性が椅子から立ち上がり、佃に詰め寄った。

「患者がどれだけつらい思いをしているか、あんたは一度でも考えたことがあるのかっ。俺はミシュリンのせいで仕事に行けず、毎日苦しみ続けてるんだ」

声を震わせ、拳を握りしめ、自らの苦悩に感極まったように言う。どこかで見たことがあると思ったら、前の勉強会で講話をした会員の安本誠司だ。壇上では佐々田や大河内も加わって、口々に攻撃の言葉を繰り出す。佃は追い詰められ、抗弁も反論もできなくなる。

「チッ」

サキが鋭い舌打ちをした。

「聞くに堪えない。希美、出よう」

返事をする前に席を立った。

「あ、待って」

慌てて立ち上がり、サキのあとを追う。参加者たちは佃のつるし上げに釘付けで、会場を抜け出した二人を見とがめる者はいなかった。

12

サキは会場を出て早足で駅に向かった。

「なんで途中で出たの」

希美が追いすがるように聞くと、サキは吐き捨てるように言った。

「あんなの見てられない。まるで言葉による集団リンチじゃない。あの立ち上がって攻撃してた男、覚えてるでしょ」

「会員の安本さん？」

「あいつ、典型的な疾病利得《しっぺいりとく》者なんだよ」

聞きなれない言葉に希美が首を傾《かし》げると、サキはうんざりした調子で説明した。

「疾病、利得者？」

「病気は本来はイヤなことなのに、病気が利益をもたらすことがあるのよ。みんな同情してくれるし、仕事とか義務とかを免除されたりするでしょ。あの安本はレインボーに入ってきたときから大袈裟に症状を訴えて、被害者アピールがすごかったの」

サキが言うには、安本は仕事ができないくせに、上司がひどいとか、会社がブラックだとか言って、ＭＡＲＤＳ《マーズ》を盾にいやな仕事はせず、半ば休職扱いで給料をもらい続けているのだという。

「あの津田ってオバサンもそうよ。それまで一介の主婦だったのが、ＭＡＲＤＳ《マーズ》の診断を受けてからマスコミに取材されたり、この前みたいにテレビに出演したりして、すっかり舞い上がってるのよ。生き甲斐を見つけたみたいにね。だから、騒ぎが大きくなればなるほどファイトが湧くのよ。ほかにもそんな人はいっぱいいるわ。自分に自信がなくて、だれからも注目されなかったのが、ＭＡＲＤＳ《マーズ》の発作で周囲の関心を集めて、病気が自己確認になってる人とかね。そんな連中といっしょに見られるかと思うと、吐き気がする」

ＭＡＲＤＳ《マーズ》が自己確認になっている——。

希美は胸を衝かれた。自分もそうではないのか。教務課や大学構内で注目されて、なんとなくいい気分になっている。それも疾病利得なのか。

サキはさらに不愉快そうに続けた。

「それにレインボーの会員の中には、嘘《うそ》の病気の人もいるのよ。人のいるところでしか発作の出ない〝なりすましMARDS《マーズ》〟よ。被害者の会は人数が多いほうがいいから、レインボーの医者たちもわかってるけど容認してるの。でも、それはMARDS《マーズ》にかぎったことじゃない。引きこもりとか、うつ病とか、適応障害とかになりすましの疾病利得者が紛れ込んでる可能性もある」

「専門の医者が診ればわかるんじゃないの」

「たぶんね。でも、医者も加担してるのよ。正常だと言うと治療ができないから、念のためにとか、予防的にとか言って薬を出すの。症状が消えても、薬をやめるといつ再発するかわからないとかも言うらしい。病気を治しちゃうと医者は儲からないからね」

まさか、そんなひどい医者はいないだろう。サキの考えは極端すぎる。

希美は怖くなって話題を変えた。

「サキはもちろん仮病じゃないでしょ」

「当たり前よ。だから、わたしたちは迷惑してるのよ。ほんとうに発作が出るのに、世間から胡散臭《うさんくさ》い目で見られて」

「なんでそんなことになっちゃったの」

サキは歩くスピードを緩めず、悔しさを滲《にじ》ませるように説明した。

「はじめはレインボーもよかったのよ。大河内さんは自分も副作用に苦しみながら、熱心にみんなの世話をしてくれてたからね。おかしくなったのは、弁護士や政治家が来てからよ。あの人たちはわたしたちの味方をするふりをして、自分たちのいいように会を動かしてるの。その道のプロみたいな人ばかりだからね。佐々田先生も患者のことを考えているように見せて、自分の実績しか頭にないし、池永先生も佐々田先生にすり寄って、次の教授ポストを狙ってるのよ。大河内さんも影響されて、レインボーの活動がすべてみたいになってるでしょ。自分は正しいことをしてるって思い込んでるから、ブレーキが利かなくなっちゃってるの」

たしかに、希美のレインボーへの入会手続きも、希美のためだと言わんばかりの強引さだった。

「あの人たちは活動を大きくすることだけが目的になってるから、けっこうヤバイこともしてるみたいよ」

「ヤバイこと？」

「聞いた話だけど、大河内さんが会員のだれそれは裏切り者だって言ったり、退会しようとした人を脅したりしてるのよ。スタッフの中には活動にのめり込みすぎて、家庭が壊れた人もいるし、仕事を解雇された人もいるわ。副作用の反対派には、激しい抗議行動を繰り返して、ネットでの執拗《しつよう》ないやがらせなんかもやってるみたいだし」

「だけど、それはわたしたち被害者のためでもあるんでしょう」

「一応はね。でも、根本のところでは自分たちの思惑が最優先なのよ」

サキの目がアスファルトをにらみながら暗く光る。希美が不安を抱くと、サキは暗い顔でつぶやいた。

「そのうち、レインボーの欺瞞は暴かれるわよ」

13

駅でサキと別れたあと、希美はサキの言った「疾病利得者」という言葉が頭から離れなかった。病気で利益を得る者。MARDS《マーズ》患者の中には、発作を起こすことで自己確認している者もいるという。

――心理状態の不安定な人に起こりやすいみたいですけど。

金子もいつか言っていた。自分もそうなのか。ほんとうは病気ではないのに、発作を起こしてみんなにチヤホヤしてもらおうとしているのか。そうだとしたら、自分で自分が許せない。まじめな希美には、とても容認できることではなかった。

ただ、恐ろしいのは、無意識に発作を誘発している可能性があるということだ。希美はこれまで特別な取柄もなく、ごく平凡に生きてきた。それでいいと思っていた。しかし、二十代後半になって、漠然とした不安に取り憑《つ》かれるようになった。その心許《こころもと》なさが、周囲の注目を集めるために、無意識に発作を起こしたとしたら怖い。自分の与《あずか》り知らないところで、嘘の発作が引き起こされているとすれば、どうやって止めればいいのか。

品川駅から新幹線に乗ったあと、希美はスマートフォンで疾病利得を検索した。関連した項目に、「虚偽性障害」というのもあった。医師や周囲の人間に大事にしてもらうことを目的としたり、単に病人になりたがったりする精神障害らしい。ほかに「詐病《さびょう》」というのもあった。経済的または社会的な利益を目的として、嘘の病気を装うことのようだ。保険金の不正受給や、警察の取り調べから逃れるための入院などがそれに当たる。学校をズル休みしたり、仕事をサボったりするときに病気のふりをする「仮病」も詐病の一種らしい。

さらに調べると、「転換性障害」というのもあった。これは偽りの病気ではないが、心理的な葛藤が身体の症状に転換されるもので、以前、ヒステリーと呼ばれた弓なりの全身硬直や、突然の歩行障害などが含まれるらしい。

希美は自分の発作を振り返ってみた。浄星会のビンゴゲームのとき、声が出なくなったのも、過呼吸になったのも、決してわざとじゃない。そのあと左腕がカチカチになったのもほんとうだ。虚偽性障害だなんてあり得ない。その後、発作が収まっているのは、池永に処方してもらった安定剤をのみ続けているからだ。

サキはレインボーには〝なりすましMARDS《マーズ》〟がいると言ったけれど、ほんとうにミシュリンの副作用で苦しんでいる人も多いはずだ。引きこもりとか、うつ病、適応障害といわれる人たちも、大半は実際に症状があるのだろう。それを詐病とか、虚偽性障害なんて決めつけたら、よけいに患者を傷つけることになってしまう。それは健康な人の傲慢な無理解ではないのか。

そう思ったが、希美は発作を起こしてから、ある種の快感を得ているのも事実だった。藤木が優しい言葉をかけてくれたのも、発作があったからだろう。自分は周囲の注目を浴び、同情されることで得られる快感を求めているのか。ほんとうは病気でも何でもないのに。もしそうなら、たまらない自己嫌悪を感じる。

あの発作は、ほんとうにミシュリンの副作用なのか。池永と佐々田以外の医師に診てもらったらどうだろう。しかし、池永はＭＡＲＤＳ《マーズ》を診断できる医師は少ないと言っていた。

考えた末、希美は池永から処方された安定剤をやめてみることにした。それで発作が起これば、ほんとうに病気ということだ。もし発作が起こらなければ、自分は病気ではないのだから、レインボーはきっぱりやめよう。

しかし、発作が起こっても、無意識に疾病利得を求めている可能性は否定できない。ミシュリンを打ったせいで、自分はＭＡＲＤＳ《マーズ》だと自己暗示に陥っているのかもしれない。

考えれば考えるほどわからなくなり、マンションに着いても同じことが脳裏を巡った。疲れきっているはずなのに、ベッドに入っても目は冴《さ》えるばかりだった。

14

熟睡できない夜が続いた。

安定剤をやめても発作は起きなかったが、なんとなくザワザワした気分で、自分が自分でないような、あるいは夢の中にいるような奇妙な感覚が続いた。

サキとは連絡を取っていなかったが、彼女がつぶやいた不吉な予言は、ほどなく現実になった。スクープ報道で知られる「週刊新情《しんじょう》」が、『ミシュリン被害者団体・レインボーの横暴』と題する暴露記事を掲載したのだ。

告発者は、MARDS《マーズ》の症状が回復した女性だった。心理カウンセラーの療法が効果的だったので、その情報をレインボーで共有しようとしたら、突然、会から除名されたというのだ。

『カウンセリングで症状がよくなったので、レインボーのホームページにそのことを書き込んだんです。そうしたら事務局からいきなり除名の通告を受けて、SNSもブロックされ、会員への連絡も禁止されました』

同じくレインボーを除名された別の会員は、週刊新情の取材にこう証言した。

『レインボーでは治療の相談はそっちのけで、抗議集会や座り込みへの参加ばかり求められました。わたしは薬をのまなくても発作が出なくなったので、レインボーに来ている医師に報告すると、そんなはずはない、また必ず発作は出ると脅かされました。症状がよくなると被害を訴えにくいので、逆説的ですが、レインボーは患者の救済を訴えながら、病状がよくなることを歓迎しないんです』

レインボーは完全な圧力団体と化し、MARDS《マーズ》を否定する医師がいる大学や病院に押しかけて、拡声器による抗議、ビラ配り、ツイッター攻撃、大量のFAX送信など、猛烈ないやがらせを繰り返していた。実録映像とされるDVDを送りつけ、患者がこれほど苦しんでいるのに、まだ否定するのかと詰め寄ったりもした。そのため否定的な意見が言いにくくなり、専門家も関わりを避けるようになって、いつの間にかMARDS《マーズ》が正式な病名のごとく語られるようになっていた。

しかし、週刊新情が新たに取材したところ、専門家の多くはMARDS《マーズ》を否定し、心因反応説を展開した。

『MARDS《マーズ》は一種の集団ヒステリーですね。ネットで発作の画像などを見た人たちが、精神的に不安定になって似たような症状を起こすんですよ』

『発症しているのは、目立たないというか、地味な人が多いんです。発作を起こすとみんなが注目してくれる。それで患者には発作が存在価値《レゾンデートル》になってしまうんです。現実にいろいろな問題を抱えていて、そこから逃避したいと思っている人たちも同様です。発作を起こせば、取りあえず目の前の現実から逃げ出すことができる。だから、なかなか治らないし、症状が軽快しても認めようとはしないんです』

記事はまた、ミシュリンの使用が減少していることも問題視していた。ミシュリンが開発された背景には、新型ヘルペスの発生があった。従来の単純ヘルペスは、唇や口腔粘膜に水疱ができる程度だが、新型ヘルペスは重症化して、脳炎や髄膜炎を引き起こす危険性が高い。ミシュリンはそれを抑えるのに有効だったが、副作用を恐れて使用を控えたため、重症化する例が増えているというのである。

記事の筆者は厳しい調子でレインボーを批判していた。

『つらい症状に苦しむ患者がいるのは事実だが、因果関係が実証されていない時点で、ことさらミシュリンを危険視することは国民全体に大きな不利益をもたらす。副作用があると言われると、薬を怖がる患者が増えるのは当然だし、医師も使いづらくなる。ミシュリンの手控えにより、ヘルペスが重症化した患者があとを絶たない。感情操作で風評を広めたレインボーの責任は重いと言わざるを得ない』

週刊新情の記事は、テレビでもセンセーショナルに採り上げられた。レインボーには取材が殺到し、大河内をはじめとする幹部には路上での直撃インタビューも行われた。

レインボーは公式見解として、会員を一方的に除名したり、連絡を妨害したことはないし、副作用の否定派に対する抗議は常識の範囲内だと主張し、週刊新情を名誉毀損《めいよきそん》で訴える準備を進めていると発表した。

これに対し、週刊新情は翌週の号で、『レインボーの黒幕　救済活動に巣くう〝ゴロ〟たち』と題する続報を出した。

『レインボーの理事に名を連ねる弁護士、政治家、市民運動家たちは、これまでも薬害や差別、企業による不当解雇などを救済する活動に携わってきた経歴の持ち主がほとんど。世間の同情を惹《ひ》いて、運動を盛り上げる術《すべ》を熟知しているその道のプロである。彼らは国や企業を〝市民の敵〟に仕立て上げ、自らは〝正義〟となって、裏でさまざまな利益を得ている』

週刊新情が報じたところによると、レインボーに関わる弁護士グループは、かつて薬害訴訟で国に補償責任を認めさせ、新たに患者が認定されるたびに、少なからぬ金額が成功報酬として入る仕組みを作っていた。裁判になれば当然、さまざまな業務が発生する。裁判を起こすだけでけっこうな収入になるというのである。

政治家は運動に関わることで知名度を上げ、弱者の側に立って正義のために闘う人物というイメージを広めることができる。市民運動家に至っては、権力や大企業を攻撃することで、自らの欲求不満を解消し、心の充実を得るとして、その活動にはプレイの側面があると、記事は揶揄《やゆ》していた。

明らかに偏見に満ちた記事だったが、世間の空気がアンチ・レインボーに傾いてきた状況下では、あたかも客観的であるかのように受け取られ、レインボーの反論や弁明に耳を貸す者はだれもいなかった。

批判の矛先は、MARDS《マーズ》の提唱者である佐々田にも向けられた。彼は診断書に「MARDS《マーズ》」と記入しながら、この病名では医療保険が通らないため、カルテには「末梢神経障害」「重症筋無力症の疑い」などと記入していた。これを「二枚舌」だとして、医師としての誠意に欠けると批判され、また診療報酬の不正請求の疑いも指摘された。

いったんバッシングがはじまると、週刊誌のみならず、テレビ、ネット、SNSが連動し、連日、批判発言が繰り返され増幅する。キャピタルテレビの特番放送のあと、ミシュリン被害者への同情にあふれていた世論は、手のひらを返したように、レインボーとMARDS《マーズ》叩《たた》き一色に染まった。

このままレインボーの活動はつぶされてしまうのか。希美がそう危ぶんでいると、スタッフの津田から電話がかかってきた。レインボーに対するバッシング情報で会員が動揺しないようにするための、引き締めの連絡のようだった。

「マスコミやネットの情報にたぶらかされたらダメよ。すべて反対派の陰謀なんだから」

「でも、レインボーは、ほんとに大丈夫なんですか」

希美が心細い声で聞くと、津田は自信満々のようすで答えた。
「心配いらない。見ててごらんなさい。今に佐々田先生が、世間をあっと言わせてくれるから」

15

週刊新情の暴露記事以来、スペシャル番組を放映したキャピタルテレビは面目を失った形になっていた。その後、同局ではレインボー批判に表面上は追従していたが、断定を避け、常に一定の留保をつけていた。

レインボーの理事たちは状況を挽回するために、連日、戦略会議を開いた。アンチの風がこれだけ強いと、反撃を小出しにしても効果は薄い。しばらくは沈黙を守り、世間が批判に飽きはじめたころに、強烈なカウンターパンチを繰り出すべきというのが、権藤や小菅の意見だった。カウンターパンチを放つのは佐々田である。

三週間後、佐々田は満を持して、キャピタルテレビの報道番組「ミレニアム21」に登場した。熱血口調で知られるアナウンサーが、早口に佐々田を紹介する。

「さて、先日来、世間の注目を集めておりますミシュリン問題、被害者の会レインボーに対するバッシングとも取れる批判報道が渦巻く中、今夜はミシュリンの副作用、ＭＡＲＤＳ《マーズ》の名付け親でもある、新帝大学医学部教授の佐々田要一さんにお出《い》でいただきました。佐々田さん、ここに来てまた大きな動きがあったようですね」

　佐々田は光沢のあるダブルのスーツに、櫛目《くしめ》の通った半白髪という紳士然とした姿で、にこやかに語り出した。

「ＭＡＲＤＳ《マーズ》については、心因反応だとか集団ヒステリーだとか、さまざまな批判がありましたが、今般、私どもの実験で、ようやく動かぬ証拠とも申すべき結果を得ましたので、ご説明いたします」

　佐々田が出したフリップには、実験を模式的に示したイラストが描かれていた。実験用のウサギを十羽ずつ、Ａ、Ｂ二つのグループに分け、Ａのウサギにはミシュリン、Ｂのウサギには生理食塩水をそれぞれ背部の皮下に注射した。一週間から十日後に、Ａのグループのウサギ三羽に過呼吸や筋硬直の症状が現れ、その三羽の脳をｆＭＲＩ（磁気共鳴機能画像法）で観察すると、大脳の基部にある大脳基底核《きていかく》と呼ばれる部分の活動が低下していたというのである。

　画面が切り替わり、ｆＭＲＩの画像が提示される。

「これはウサギの脳の画像です。赤い部分が活動の盛んな部分、黄緑色から青の部分が活動の低下している部分です。副作用を発症したＡのウサギは、Ｂのウサギの脳に比べて、明らかにその活動が低下しています」

　両者の画像のちがいは一目瞭然だった。

　アナウンサーが深刻な表情で確認する。

「つまり、ＭＡＲＤＳ《マーズ》は心因性の反応などではなく、ミシュリンの副作用であることの医学的な証明、すなわちエビデンスというわけですね」

「その通りです」

佐々田が余裕の笑みでうなずいた。

「この脳の活動の低下を抑えることはできないのでしょうか」

「残念ながら、今のところ確実な治療法はありません。ですが原因が解明されましたので、いずれ解決する見込みは高いです。それまではＭＡＲＤＳ《マーズ》の発症を防ぐことが重要となります」

「すなわち、そのもっとも確実な方法は、ミシュリンを使わないことであると。一部ではミシュリンの使用を控えたことで、新型ヘルペスが重症化する危険性が高まるとも言われていますが――」

「抗ヘルペス剤は、ミシュリンのほかにもいろいろあります。それらを活用すれば、重症化は十分に防げます」

「被害者の会であるレインボーにさまざまな批判が集まっていますが、これについてはどうお考えですか」

「一連のバッシング報道には、多分に不自然なものを感じますね。レインボーの関係者から聞いたのですが、週刊誌に情報を持ち込んだ女性は、レインボーに個人的な恨みを持っているそうです。怪しげな精神療法を会員に広めようとしたため、除名になった人物なんです。もう一人の情報提供者も、以前から被害妄想があり、レインボーが治療を妨害していると思い込んでいるようです」

「そういったことは、週刊誌の記事からは伝わってこないですね。レインボーに協力している弁護士や政治家、市民運動家に対する批判もありましたが、こちらはいかがですか」

「あれはひどい中傷《ちゅうしょう》ですよ。支援者のみなさんは、純粋にミシュリンの副作用に苦しむ患者さんに同情して、ボランティアで活動しているのです。それを金儲けや売名行為などと決めつけるのは、あまりに卑劣です。ましてや、純粋な善意の活動をプレイだなどと貶《おとし》めるのは言語道断。私は支援者を批判する人たちのほうこそ、性格や精神面に問題を抱えているように思いますね」

テレビを見ていた希美は、佐々田の言うことを信じた。大学教授がテレビで嘘を言うはずがないし、「ミレニアム21」も権威のある全国ネットの番組だ。

テレビに映し出されたｆＭＲＩの画像のインパクトは強烈で、翌朝、他局の情報番組でも紹介された。週刊新情のライバル誌である「週刊文聞《ぶんぶん》」は、レインボー支持を明確にして、一大キャンペーンを開始した。そこには週刊新情に情報提供した女性がレインボーを除名になった経緯のみならず、ＰＴＡでの問題発言、小学校でのモンスターペアレントぶりまで紹介してあった。さらには、安政ファーマシーに関わりのある人物が、レインボーに対するバッシングをツイッターやブログで煽った可能性も報じられた。

レインボーにアンチだった世間の空気は、ふたたびレインボーに同情的になり、キャピタルテレビも汚名を返上した形になった。ところが、今度はライバル局の常盤《ときわ》放送が、ＭＡＲＤＳ《マーズ》否定の発言を行っていた佃俊雄医師を登場させて、爆弾発言をオンエアした。

佐々田の実験に対する不正疑惑である。

「佐々田先生の実験は、きわめて意図的に操作されたものです。ミシュリンで脳の活動の低下が認められたウサギは、遺伝的に刺激に反応しやすい系統に属し、自ずと脳の活動を低下させる傾向があります。従って、画像に示された脳の活動低下は必ずしもミシュリンによるものとは言えません。佐々田先生が提示されたのは、いわゆる〝都合のいいデータ〟なのです」

佃の口調は穏やかだったが、続く発言は過激だった。

「佐々田先生の論文は、これまでも『ネイチャー』や『ランセット』で軒並みリジェクトされています。つまり、ボツです。中にはデータのねつ造や盗用を疑われるものも含まれています」

放送は大きな波紋を呼び、週刊新情は佐々田の研究者としての資質を問題視する記事を大々的に掲載した。医局員に対するパワハラ、セクハラ、アカハラ、製薬会社との癒着、研究費の不正使用疑惑などである。

佐々田はこれに対し、直ちに佃と週刊新情を名誉毀損で提訴。佃に対しては、彼のほうこそ安政ファーマシーと癒着し、ミシュリンの売り上げアップに汲々《きゅうきゅう》とする営業マンに成り下がったと酷評した。

ミシュリンの副作用については、医師、薬剤師、研究者によるさまざまな発言が交錯し、何が事実で何がデマなのか判然としない状況となった。

そんなとき、これまでジャーナリストの立場からミシュリンの副作用に警鐘を鳴らしていたレインボーの会員、戸村真司《とむらしんじ》が、アメリカの科学雑誌「スカラー」の主催する「スティーブ・ゲイツ賞」を受賞した。科学の分野で社会的に意義のある活動をした個人に贈られる賞で、戸村はその栄えある第一回の受賞者に選ばれたのである。いわば、ＭＡＲＤＳ《マーズ》が海外で認知されたも同然だった。

レインボーはこれを好機と捉え、ミシュリン被害の集団訴訟を起こすことを決めた。権藤は原告団を募り、当然、希美も参加を求められた。

16

仕事を終えてマンションにもどると、レインボーから分厚い封書が届いていた。ミシュリンの薬害訴訟の原告団への参加申込書である。

希美はさっそく申込書に必要事項を記入しはじめた。ミシュリンの注射を受けた日時と医療機関名、副作用が発症した時期と具体的な症状、その後の治療経過などである。

ミシュリンには一〇ミリグラムと二〇ミリグラムの二種類があって、どちらを注射されたか選ばなければならない。希美はそんなことは覚えていない。適当に丸をつけようかと思ったが、裁判になればいろいろ調べられるだろう。まちがいが判明したら、みんなに迷惑がかかるだろうし、裁判に不利になるかもしれない。希美は、直接クリニックの医師に確かめなければ書けないと思った。

時計を見ると、午後七時を五分ほど過ぎたところだ。クリニックの受付終了は午後七時だから、医師はまだクリニックにいるだろう。自転車で行けば十分かからない。希美は今から行ってみようと、一階の自転車置き場に下りた。

急いで駆けつけると、クリニックにはまだ灯りがついていた。扉を開けると、診察を受けている患者がいるらしく、靴が一足脱いであった。

「すみません。診察に来たんじゃないんです。以前、わたしがここで受けた治療のことで、うかがいたいことがありまして」

名前と診察日を告げ、あのとき打たれたミシュリンの量を教えてほしいと頼んだ。

受付の女性は怪訝な顔で用件を確認し、院長に伝えるため奥に引っ込んだ。希美は待合室のベンチに座って待った。

診察室から最後の患者らしいサラリーマン風の男性が出てきた。あとから院長が顔をのぞかせ、記憶をたどるように希美を見た。

「えーと、小山さんですね。どうぞ」

診察室に入ると、希美はあのときと同じ消毒液のにおいを嗅《か》いだ。太った中年の看護師は、診察の患者でないと知ってか、処置台を片付けはじめている。

院長がキーボードを操作して、希美の電子カルテを呼び出した。

「小山希美さん。単純ヘルペスで来られた方ですね」

希美を患者用の丸椅子に座らせて確認する。カルテのページをスクロールしながら首を傾げた。

「ミシュリンの使用量をお訊ねとのことですが、あなたにはミシュリンは使っていませんよ」

「えっ」

希美は思わず椅子から腰を浮かした。

「使ってないって、どういうことです」

「あなたに使ったのは、同じ筋肉注射ですがゾビランという薬です」

「そんな馬鹿な。だって、わたしは注射のあと声が出なくなって、過呼吸とか腕の硬直とか、いろいろな発作が出たんですよ。それってミシュリンの副作用でしょう」

希美は混乱し、時間を巻き戻そうとするかのように声に力を込めた。

「わたし、新帝大学病院の佐々田先生にもMARDS《マーズ》だと診断されてるんです。ミシュリンを使ってないなんて、あり得ないです」

「そう言われても、使っていないものは使っていないので」

「嘘よ。信じられない。使ってないってどこに書いてあるのよ」

希美は礼儀も忘れ、荒っぽく問い詰めた。院長は小さくため息をついて、電子カルテのカーソルで示した。

「ここです。処置の欄に『ゾビラン（10㎎）1ｖim』と出てるでしょう。ｖはバイアル、一瓶のことです。imは筋肉注射です」

「おかしい。このカルテはぜったいにおかしい。先生、まさか裁判で訴えられるのを恐れて、書き直したんじゃないですか」

興奮する希美に、今度は大きなため息を洩らして院長が言った。

「電子カルテは書き直したら記録が残ります。あなたのカルテにはその記録がありません」

「じゃあ、はじめから嘘の薬を書いたんですね。ミシュリンを使いながら、そのゾビなんとかを使ったように見せかけて」

「そんな馬鹿なことはしませんよ。ミシュリンのような高い薬を使って、安いゾビランなんて書いたら、保険請求でうちが損するじゃないですか。それにミシュリンの副作用は前から聞いてましたから、私は重症化の危険が高くないかぎり、ミシュリンは使わないようにしてるんです。あなたのヘルペスはごく軽い状態でしたから、ゾビランで十分でした」

そこまで言われても、希美は納得できなかった。ミシュリンが使われていなかったのなら、あの発作は何だったのか。わたしは虚偽性障害だったのか。サキの言っていた〝なりすましMARDS《マーズ》〟？　いやだ。そんなことは認めたくない。

動きを失った希美に、院長が苛立った声を出した。

「とにかく、うちではあなたにミシュリンは使っていません。あなたがどんな発作を起こしたのかは知りませんが、ゾビランは以前からある薬で、ミシュリンのような発作は報告されていません。閉院の時間ですから、どうぞお引き取りください」

いつの間にか看護師はいなくなり、受付も灯りが消えていた。希美は茫然となりながら、クリニックをあとにした。

17

マンションにもどってからも、希美は状況を理解することができなかった。

あの発作はわざとじゃない。ほんとうは病気じゃないのに、わたしの無意識が発作を起こさせたのか。病気になれば、自分の居場所が見つかり、平凡で退屈な人生に刺激が与えられると察知して。

情けない。

その夜、希美はいつにも増して寝苦しい夜を過ごした。

……………

翌朝、大学に出勤すると、事務局に入るなり柴田や金子たちが集まってきた。

「小山。昨夜のレインボーの記者会見、見たよ。とうとう集団訴訟になるんだね」

「小山先輩も原告団に入るんでしょ」

「製薬会社をギャフンと言わせてやりなよ」

そう言えば、権藤たちがテレビで提訴を発表すると言っていた。

川野も近づいてきて、静かに言う。

「いよいよはじまるのね。わたしたちも応援するわ」

答えられない。頭が朦朧《もうろう》とする。

柴田がおかまいなしにいつもの調子で軽口をたたく。

「あたし、判決のあと、『勝訴！』って書いた紙をもって裁判所から出てくる役、あれやりたいな」

「柴田先輩なら似合いますよ。バァーッて走ってきて、足を踏ん張ってみんなの前で紙を広げるの。これが目に入らぬかって感じで」

金子が笑いながらおもねる。希美は顔を伏せ、消えてなくなりたいと思う。みんな見ないで。わたしに構わないで。

「小山さん、どうかした」

川野が気づいて顔をのぞき込んだ。希美はますます深くうなだれ、首を振る。

事務局にだれかが入ってきた。同僚たちの注意が逸れる。柴田が背伸びするようにつま先立ちになって声を上げた。

「あ、藤木先生。おはようございます。教務課に何か御用ですか」

来ないで。希美はうつむいたまま必死に願う。なのに藤木はまっすぐ近づいてくる。

「小山さん。レインボーの記者会見、見ましたよ。ミシュリンの薬害裁判、たいへんだと思うけど頑張ってください。僕も及ばずながら応援させてもらいます」

藤木の真剣な声に、同僚たちも神妙にしている。

「ほかにも、協力できることが、あぁったら、何でもぅ、遠慮ぅなぁしにぃ、言ってー、くれったた、ららら、いいい、くぁあら」

藤木の声がおかしい。回転を遅くしたテープのようだ。

「そう、だ、よ。小山、みん、ぬぁ……あんた……」

「うわっ、あぁー、むぐぅ……」

みんな何を言ってるの。顔を上げようとしたとき、頭の中に鋭い金属音が響いた。耳を押さえる。スピーカーのハウリングのように音が襲いかかる。

教務課長と事務局長が近寄ってきた。二人の鼻がめくれ上がり、口から赤い牙がはみ出ている。あたりが暗くなって、柴田や川野の目が夜光虫のように光った。

怖い。目を閉じてしゃがみ込むと、頭の中で声が聞こえた。

——おまえ……頭、おかしい。……おまえなんか、生きてる意味ない。役立たず、人間の屑《くず》……。

暗闇でだれかが見ている。緑色に光る目。考えを抜き取られ、別の何かを吹き込まれる。風がビュービュー吹きつけ、細かな針が皮膚の表面に突き刺さる。

これは何？　ミシュリンを打ってないのに、こんなことになるなんて。ぜったいにおかしい。まぎれもない異常だ。虚偽性でも何でもない。わたしは正真正銘のビョーキなんだ。

……意識がどこかに吸い込まれていく。

気を失う直前、希美は自分が病気であることを確認して微笑んだ。よかった。これでもう不安にならなくてもいい。

今夜はきっと、ぐっすり眠れる……。

本書はフィクションです。

初出
天罰あげる　　「小説現代」　二〇一〇年十二月号
蜜の味　　　　書き下ろし
ご主人さまへ　「メフィスト」二〇一〇年VOL.3
老人の園　　　「小説すばる」二〇一八年三月号（「老人リンチ」を改題）
注目の的　　　「小説すばる」二〇一九年一月号

単行本化にあたり、加筆・修正を行いました。

装幀　高橋健二（テラエンジン）
写真　アフロ

久坂部 羊（くさかべ・よう）

一九五五年大阪府生まれ。医師、作家。大阪大学医学部卒業。外務省の医務官として九年間海外で勤務した後、高齢者を対象とした在宅訪問診療に従事。

二〇〇三年『廃用身』で作家デビュー。以後、現代の医療に問題提起する刺激的な作品を次々に発表。一四年『悪医』で第三回日本医療小説大賞を受賞。一五年「移植屋さん」で第八回上方落語台本優秀賞を受賞。

著書に『破裂』『無痛』『神の手』『嗤う名医』『虚栄』『老乱』『テロリストの処方』『老父よ、帰れ』などの小説、『医療幻想――「思い込み」が患者を殺す』『人間の死に方　医者だった父の、多くを望まない最期』などの新書やエッセイがある。

怖《こわ》い患者《かんじゃ》

二〇二〇年 四 月一〇日 第一刷発行

著　者　久坂部《くさかべ》 羊《よう》

発行者　徳永 真

発行所　株式会社集英社

〒一〇一-八〇五〇 東京都千代田区一ツ橋二-五-一〇

電話 〇三-三二三〇-六一〇〇（編集部）

〇三-三二三〇-六〇八〇（読者係）

〇三-三二三〇-六三九三（販売部）書店専用

印刷所　凸版印刷株式会社

製本所　加藤製本株式会社

 ISBN978-4-08-771708-2 C0093

定価はカバーに表示してあります。

久坂部羊の好評既刊

〈集英社文庫〉

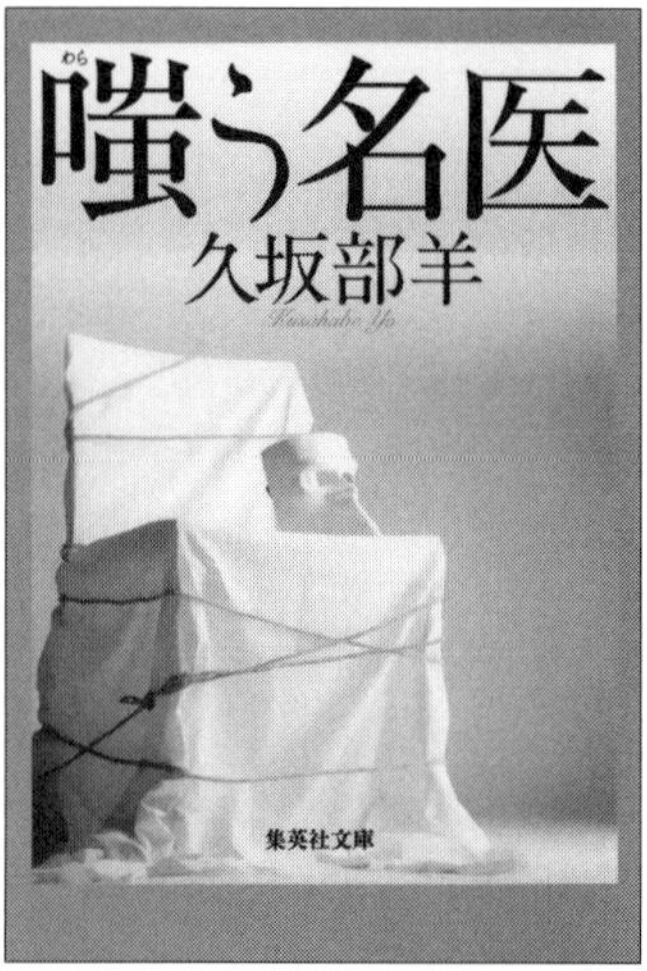

嗤《わら》う名医

本当のことなんて、言えるわけない。

天才的心臓外科医の隠された顔、
最高の治療の為には誰にも妥協を許さない名医、
患者の嘘を見抜いてしまう医者……。
現役医師による、背筋が凍るミステリー全6編。

解説／仲野 徹

HORRIBLE
PATIENTS